京都東山
ネイルサロン彩日堂

ネイリストは神様のなりそこない

[目次・章扉デザイン]
岡本歌織
(next door design)

第1話

桜色

――京都・東山《ひがしやま》。

学校や美術館の他、神社仏閣《ぶっかく》が数多くあり、観光エリアにもなっている。そうしたこともあって、地元の人だけでなく観光客の姿も多い。

桜も終わりかけの時期だというのに、道を歩いていると大きなキャリーを引いた人たちとすれちがい、さまざまな言語が耳に飛び込んでくる。

そんなにぎやかさとは対照的に、明日香《あすか》の心は沈《しず》み込んでいた。

(今の私はきっとまわりから浮いてるんやろうな……)

地味《じみ》なジャケットにスカート、低いヒールのパンプスを履《は》いて、顔を伏《ふ》せながらのろのろと歩いているその姿は、勤め人にも観光客にも見えはしないであろうことは、明日香自身が一番よくわかっていた。

ふだんであれば会社で働いている時間に、外をぶらぶらと行くあてもなく歩いているのは、少し早い休憩時間をとっているからでも、午後出勤だからでもない。

――この春に就職したばかりの会社をクビになったからだ。

――それも数時間前に……。

(こんなことって、ほんまにあるんや……)

始業直後に他の社員たちもいる前で山本《やまもと》部長にクビを告げられ、明日には手続きをして自分の荷物を持って帰るようにと言われたのだ。明日香は、そのまま終業までふだんと同じように仕事に打ち込むことができるほど、強くはなかった。

とりあえず自分の席に座りはしたものの、まるで腫《は》れ物《もの》にさわるかのような他の社員たちの態度や視線は、あまりにもつらいものだった。

耐《た》え切れなくなった明日香は、体調が悪いので帰りますと半《なか》ば叫《さけ》ぶように言い、カバンをひっつかんで会社を飛び出してきたのだ。

体調が悪くないことは一目瞭然《いちもくりょうぜん》だったが、あの場所から少しでも早く離れたかった。

（でも、このあと、どうしよ……）

会社を出てきたはいいものの、行くあてもない上に話を聞いてもらえるような相手もいない。そもそもこの時間は知り合いも働いていたりして、明日香の話を聞いている場合ではないだろう。

そんな明日香の目の前を桜の花びらがよぎっていく。

見上げるとそこには桜の木があったが、すでに花はおおかた散ってしまっている。

そんな桜が今の明日香にとっては、ずいぶんと皮肉なものに思えた。

（ずっと、あの会社でがんばっていこうて思ってたのに……）

「田中《たなか》先輩にも申し訳ないし……」

田中先輩は教育係としてどう思っていたのだろうか。

「ほんま……なんでこんなことになったんやろ……」

こんなところでいい年齢《とし》をした自分が泣いてしまっては不審者でしかない。

どうにか泣くのだけはこらえようと、上を向いた時だ。

——つんつん。

「へ？」

肩ではなく、足元を誰かにつつかれた。

あまりにも突然のことに涙も引っ込んでしまった明日香が足元に目をやる。

そこには……。

「っ、かっ……」

思わず明日香は口元を手で押さえた。

一匹の犬がくりくりとした丸い目で、明日香を見上げて首を傾《かし》げていた。

ストレスと疲労がたまりにたまっているところに、このもふもふは反則でしかない。

（可愛《かわい》い……）

思わず声を上げてしまいそうになったのを、どうにかこらえる。

「柴犬《しばいぬ》？　それともチワワ？」

ふさふさのしっぽと、黒と薄い茶色が混ざった綺麗《きれい》な毛並み。

くりくりの目と、その上にある丸い麻呂眉《まろまゆ》のような模様。

黒い柴犬とチワワを足して二で割ったような子だ。

(ほんま可愛いんやけど……!)

丸い眉《まゆ》が少しだけつり上がったように配置されているのも、可愛さを引き立たせるとともにキリッと感をプラスしていて、とてもよい。

――可愛い、とにかく可愛い。

そんな言葉で頭の中をいっぱいにして犬に癒《い》やされていた明日香だったが、そこでふと思った。

(けど、この子だけ？　飼い主さんは……？)

あたりを見るが飼い主らしき人の姿はない。

さらによく見ると犬はリードをつけておらず、かわりに鈴《すず》がついた紅白の首輪をつけていた。鈴がついていることや色味もあってか、神社の鈴紐《ひも》が脳裏《のうり》に浮かんでくる。

しかし首輪がついているということは、もしかすると散歩の途中でリードが外れて逃げ出してしまったのかもしれない。

「どこから来たん？　あかんよ、ここは車や人も多くて危ないんやから」

明日香はしゃがみこんで、犬を驚かさないように、そっと下のほうから手を差し出してみる。

すると犬は怯《おび》えたり嫌がったりするそぶりもなく、逆に自ら明日香の手にすり寄ってきた。

（……ちょっとだけなら、なでても許されそう？）

優しく頭をなでてみると、犬は気持ちよさそうにうっとりと目を細める。

これだけ人に慣れているところを見ると、やはり飼い犬でまちがいないようだ。

「飼い主さん、あんたがいいひんくなって、きっと心配して探してはるよ……私とはちがうから……」

そうだ。自分がいなくなったところで、会社にとってはどうってことない。

（むしろ私がいなくなったことなんて、気づいてないかも）

そうだとすると、今まで自分がそこにいた意味は一体なんだったのだろう。

（それとも、その程度やから、私は……）

「くぅん……？」

なでる手が止まってしまった明日香に、犬は心配そうな声を上げた。

「ごめんな、変なこと言うて」

明日香は気を取り直すように明るく犬に話しかけた。

「よしっ、とりあえず飼い主さん探してみよか。まだこの近くにいはるかもしれんし。私も一緒に探すから」

そんなに大きな犬でないことや足元が汚れていないことを考えると、遠くからここに来たわけではないはずだ。

（もしかすると家もこの近くにあるかもやし、この子のことを知ってる人に出会えるかも）

そんな明日香の気持ちがわかったのか。

犬は嬉しそうにしっぽをブンブンと左右に振ってみせた。

「とりあえずリードがないし、私が抱《だ》っこして」

明日香がカバンを肩にかけ直している間に、犬が歩き出した。

――トテトテ、トテトテ。

そして少し先まで歩いたところで足を止めると振り返り、じっと明日香を見つめる。

（これって……）

「もしかして、ついてこいってこと……？」

「わんっ！」

そうだと答えるように吠えると、犬はまた歩き出した。

(どうしよう……でも、この子だけやと危ないし、心配やし……)

それに無事に家へ帰れるのかも気になる。

少し悩みはしたものの、どうせこのあとはなんの予定もないのだからと、明日香は犬のあとをついていくことにした。


「えっと……ここ……?」

犬が足を止めたのは喫茶店と美術館の間にひっそりと佇《たたず》んでいる小さな門の前だった。

(こんなところに……)

建物にはさまれたそこは、人ひとりが通れるくらいの幅しかなく、知らない人は気づかずにそのまま通りすぎてしまいそうだ。

実際に明日香も犬に案内してもらわなければ気づくことはなかっただろう。

(家の裏口みたいやけど……)

門は年季が入っており、ずいぶん長い間、ここに佇んでいるようだ。

「もしかして、ここがおうち?」

「わんっ!」

まるで明日香の言葉をきちんと理解しているように、犬はしっぽを振りながら答えてみせる。その表情は嬉しそうに笑っているようにも見え、思わず明日香も笑顔になった。

（とにかく、ちゃんとこの子が家に帰れてよかった）

明日香の役目は、もうここまでだ。

「もう逃げたりしたらあかんよ」

もう一度だけ犬の頭をなでて、明日香はその場をあとにするつもりだった。

「きゅ～ん」

「えっ？」

明日香を引き止めるように、犬が明日香のスカートのすそをくわえて引き止めた。

「ごめんな。私、もう行かなやし……」

「くぅ～ん？」

行くって、どこに？

そう言いたげに、犬はすそから口を離すことなく、首を傾げながら明日香を見ていた。

（行かなって、一体どこに……？）

会社に私物を引き取りに行って、引継ぎをして。

次の就職先だって早く探さないといけない。

そのために行かないといけない場所はいくらだってある。

しかし……。

「私が行かなあかん場所なんて、ほんまはないのに……」

自分でなくても、いくらでもかわりはいる。

もしも明日香が残されている私物を引き取りに行かなければ、きっと勝手に捨てられて、しばらくすれば皆から歓迎された誰かが空っぽになった明日香の席に座るだろう。

そうすれば明日香がいたことなんて、すぐに忘れられる。

「……もう、どうでもええけど」

助けてほしいと手を伸ばしてみたところで、どうせ誰もその手をつかんではくれない。

(そんなんやったら、手なんか伸ばさへんほうが、ずっと……)

「わんっ、わんっ、わんっ！」

――シャン。

突然、犬が大きな声で吠えたかと思うと、目の前にある門が静かに開いた。

「えっ、なんで、急に門が……？」

風もなにもないのに、門が勝手に開くなどありえない。

「それに今、鈴の音が聞こえたような……」

あたりを見回してみるが、鈴も、鈴に似た音が出るようなものもなく、あるとすれば犬が首につけているものだけだ。

しかし、ただの飾《かざ》りなのか。

歩いている最中に、その鈴が鳴ることは一度もなかった。

（私の気のせいやったん……？）

その場に立ち尽《つ》くしていた明日香だが、ふくらはぎに突然あたたかさを感じて思わず声を上げた。

「なっ、なにっ？」

いつの間にかスカートから口を離した犬は明日香の後ろに回り込むと、まるで早く歩けとうながすかのように、明日香のふくらはぎあたりに頭をつけて、ぐいぐいと押してくる。

見かけによらず力は強く、明日香が少しでも気を抜けばよろめいてしまいそうだ。

「待って待って！　わかったから、そんな押さんでも大丈夫やから！」

やはり明日香の言っていることを理解しているのだろうか。

それを聞いた犬は頭で押すのをやめると、明日香が歩き出すのを行儀よく座って待っている。ふさふさのしっぽは地面を叩《たた》くように軽快なリズムを取りながら、左右に機嫌よさそうに揺《ゆ》れて「早く早く！」と明日香に言っているかのようだ。

（ここの家の人に怒られたら、その時はちゃんと理由を話して謝ろう）

心を決めた明日香は門をくぐった。

建物の間で日が当たりづらいせいか。

昼間なのに少し薄暗く、明日香の足音が響く。

足元が石畳のため思いのほか歩きやすく、明日香の少し後ろからタタタッとついてくる犬の軽快な足音のおかげで、不安は和らいでいた。

（意外と奥まで続いてるんや……）

そんなことを考えながら歩いていると、一軒の町屋のような外観をした家が見えてきた。

引き戸の入り口には藍色《あいいろ》の暖簾《のれん》がかけられ、そこには彩日堂《さいじつどう》と書かれていた。

「こんなとこにお店があったなんて……」

何度かこの近くを通りかかったことはあるが、この店の存在は知らなかった。

名前や雰囲気などからすると和菓子屋《わがしや》か。

それとも和の雑貨かなにかを取り扱っている店だろうか。

明日香の前で、かろやかな音とともに引き戸が開いた。

「――いらっしゃいませ」

店から出てきたのは若い男性だった。

年齢は三十歳くらいだろうか。

白いシャツに黒のスラックスをはいて、茶色のエプロンをつけている。

突然の訪問者である明日香に驚きもせず、おだやかな笑みを浮かべている。

「よくお越しくださいました。ようこそ彩日堂へ」

頭を下げられて、明日香がこの店にやってきた客だと思われていることに気づいた。

「すみません。あの、私、客として来たわけやなくて」

「そうなのですか？」

明日香の言葉に男性はふしぎそうな表情をしていた。

「その、私は……」

「わんっ！」

どこからどう説明したものかと、しどろもどろになる明日香の後ろからひょっこりと顔を出した犬が男性に向かって吠えた。

「あぁ、なるほど……シバさんにここまで連れてこられたんですね」

「シバさん……？」

「はい、彼の名前です」

男性は明日香の後ろから、ひょっこりと姿を見せた犬に視線を向ける。

「ねぇ、シバさん」

そうだと答えるようにシバさんは大きくしっぽを振ると、男性の横を通りすぎて、そのまま慣れた様子で店の中へと入っていった。

それを見ると、わざわざ明日香がついてこなくてもひとりで……いや、一匹で家に帰ることができたのだろう。

「まったく……あのままひとりで散歩に行くのはやめるようにと、何度もシバさんには言っているのですが、どうにも自由で。なかなか僕の言うことを聞いてくれません」

どうやら一匹だけで家を抜け出して散歩に出かけることは、今回が初めてではないらしく、男性はため息をついた。

「散歩に行くなとは言いませんが、行くのならせめてべつの姿で行ってくれると助かるのですが……」

「べつの姿？」

「いえ、なんでもありません。ところで、あなたはシバさんについてきてくれたんですね」

「散歩の途中で逃げ出した子なんかなって、ちゃんと家まで帰れるかも心配やったんで。勝手についてきてしまってすみません」

明日香はあわてて頭を下げた。

「どうしてあなたが謝るんですか。どうか頭を上げてください」

戸惑《とまど》ったような声に明日香が頭を上げると、男性は優しい目をして明日香を見ていた。

「あなたはシバさんのことを心配して、わざわざこうして店までついてきてくれたのでしょう?」

「それは、そうですけど……」

「それなら、謝ることはありませんよ。むしろ僕のほうがお礼を言わないといけないですね。それにシバさんにも」

「シバさんにも、ですか?」

「ええ。こうしてあなたのような素敵な人と縁ができたのは、シバさんのおかげですから」

いくらお世辞《せじ》とはいえ、素敵な人などと面と向かって言われたのは初めてで、明日香は顔に熱が集まってくるのがわかった。

（お世辞やってわかってるのに、恥ずかしい）

「ああ、誤解のないように言っておきますが、今の言葉はお世辞などではなく、れっきとした僕の本心ですよ」

（どうしよう、私、そんな顔に出てたん……？）

思わず頬《ほお》を押さえる明日香を見て、男性は楽しそうに笑った。

「ふふ、素直で素敵な人と縁があってよかったです」

「……縁、ですか？」

「はい。ここで会えたのも、なにかの縁です」

「でもお店してはるんやったら、毎日いろいろな人が来はって、たくさんの縁があるんやないですか？」

先程笑われたお返しにと、明日香は少しだけいじわるなことを言ってみた。

「いいえ、そうでもありませんよ。店のある場所が場所ですし、それにこのお店には縁のある人しか来ることができませんから。なので、こうしてあなたがお店に来たのは縁だと、僕は思っています」

聞きようによっては口説き文句になりかねないが、目の前の男性はどうやら心からそう思っているようだ。

（なんていうか、ちょっと変わった人なんかもしれん……）

明日香のことを素敵だと言う時点で変わっているとは思っていたが、それ以上に変わっている人のようだ。

「そうでした、まだ自己紹介もしておらず、すみません。名乗ることにまだ慣れていなくて……僕は千手観月《せんじゅみつき》と言います。ここでネイルサロン彩日堂を営んでいます」

千手という聞きなれない名字も気になったが、それ以上に気になったことがあった。

「ネイルサロン……」

店の外観や千手がエプロンをしていることから、てっきり和風のカフェか雑貨屋かと思っていた。

「はい、ひっそりとですが。そして、あなたは……」

「寿《ことぶき》明日香です。会社で事務員をして……ました……」

初対面の、それもしっかりと仕事をしている人に対して無職と言うのはなんだか憚《はばか》られてしまい、つい歯切れの悪い言葉を返してしまった。

それに千手だって、そんなことを言われたら困ってしまうかもしれない。

そんな不安がよぎるが、千手はとくに困る様子も気にする様子もなかった。

「名前を教えてくださってありがとうございます。明日香さんですね」

「えっ?」

「ちがいましたか?」

「あっ、いえ……明日香で、あってます……」

(びっくりした……)

他人に名前で呼ばれるなど学生時代以来のことで、大人になってから名前を呼ぶのは身内くらいのものだ。

少し低めの落ち着いた千手の声音で呼ばれた自分の名前は、なんだか特別な響きを宿したように聞こえた。

「よければ、中へどうぞ。シバさんを助けてもらったお礼をぜひさせてください」

「お礼なんて、私が勝手にしたことなんで」

「では、僕も勝手にお礼をさせてもらいますね」

「わんわんっ!」

まるで、ふたりのやりとりをずっと聞いていたかのように、店の奥からシバさんの鳴き声が聞こえてきた。

その声は早く入ってきてと言っているかのようだ。

「ほら、シバさんもぜひ明日香さんにお礼がしたいと言ってますから。それにこのまま明日香さんを帰してしまえば、僕がシバさんに怒られてしまいます」

「……じゃ、じゃあ、お言葉に甘えて」

「もちろんですよ。ようこそ彩日堂へ」

千手は店の中へと明日香を招き入れてくれる。

少し緊張しながらも明日香が暖簾をくぐって店内に入ると、お香《こう》のようなやわらかな香りが鼻腔《びこう》をくすぐった。

店内は白と木目調の家具を基調とした落ち着いた雰囲気で、木のテーブルと椅子《いす》がそれぞれひとつずつ置かれ、壁際には階段簞笥《だんす》が据えられていた。

店のすみにはソファが置かれており、その上ではクッションをベッドのかわりにして、シバさんがまったりとくつろいでいた。

「小さなお店なので、くつろいでもらえるかわからないですが」

「そんなことないですよ。すごい素敵で、なんかほっとします」

初めて来たはずの場所なのに、どこか懐《なつ》かしいような感じがして気持ちが落ち着く。

「そう言ってもらえると嬉しいです。お店では、来てくださった方にほっとしてもらって、少しでも元気になって帰ってもらえたらと思っているので」

ネイルサロンにしては少し変わったコンセプトだ。

気になった明日香は千手にたずねてみた。

「あの、どうしてそんなお店にしようと思ったんですか?」

「つらい時って、ぎゅっと手のひらを強く握《にぎ》り締《し》めてしまったり、つい下を向いてしまったりするじゃないですか。そんな時に美しく彩《いろど》られた指先が目に入ったら……直接的な救いにはならないかもしれませんけど、ほんの少しだけ気持ちが晴れやかになったり、元気になってもらえたりしたらと……そんなふうに思って、僕はこの店を始めたんです」

そう話す千手はなにか昔のことを思い出しているようにも見え、店に特別な思い入れがあることが見てとれた。

「それで突然のお願いになるのですが、よければ明日香さんにネイルをさせていただけないでしょうか?」

「私にネイルを、ですか……?」

「はい」

今の話からどうしてそうなるのかわからない。

しかし千手はいたって真面目《まじめ》だ。

「……あの、どうして急にそうなるんですか?」

「僕はなにかおかしなことを言いましたか?」

「いえ、おかしいわけやないんですけど……その、本当に突然だなと思って……」

言葉を選びながらどうにか伝える明日香を見ていた千手は、しまったというような表情を浮かべた。

「すみません……まだこうして会話をすることに慣れていないもので」

（慣れてないって、どういうことなんやろ？）

こういう時に出てくる言葉ではないが、千手がごまかしでそうした言葉を口にしたようにも見えなかった。

「あの、もしかして海外で暮らしてはったとかですか？」

だとすると、いきなり明日香を名前で呼んだり、口説き文句のようなことを平気で言ったりしたこともわかるような気がする。

「海というよりも、空のほうが近いですかね」

「空……？」

「あぁ、いえ。そうですね、明日香さんが言ったような感じに近いです。一応、いろいろと見聞きはしていたはずなのですが、こちらでの暮らしにはまだ慣れていないところも多いものでして」

「そうだったんですね」

「なので、明日香さんに出会って、そうした優しさにふれられたことがすごく嬉しかったんです。だからこそ、きちんとお礼をしたくて。ネイルがお礼になるのかどうかはわからないですが、僕にできることはそれくらいしかなくて……もちろん嫌なら無理にとは言いませんので」

「いえ、嫌というわけではないんですけど……」

明日香はあわてて千手の言葉を否定した。

「では、なにか不安なことでも？」

心配そうな千手の視線に、明日香は口を開いた。

「その……私なんかが、ネイルをしていいんかなと、思ってしまって……」

明日香からすれば、ネイルへのイメージは「高価・おしゃれ」とハードルが高いもので、自分には無縁だと思っていた。

まして会社をクビになってしまった明日香は、無職になることが確定している。

いくらお礼だとはいえ、そんな贅沢《ぜいたく》なことをしてもいいのだろうかと思ってしまう。

（それに……）

明日香は自分の指先に目を落とした。

まわりにいる女性と比べると明日香の爪《つめ》は小さく、縦長よりもどちらかと言えば丸っこい形で、ネイルが似合う爪だとはあまり思えない。

その上、これまで自分の手や爪には無頓着《むとんちゃく》で、特別な手入れをしたことがない。

やっていることと言えば、せいぜい伸びてきた爪を切ったり、乾燥が気になった時にハンドクリームをパパッと塗《ぬ》るくらいのもの。

お世辞にも綺麗な手をしているとは言い難い。

「私なんかが、ではありませんよ。もちろん明日香さんもネイルをしていいに決まってるじゃありませんか」

千手は明日香にやわらかな笑みを向けた。

「その様子では、これまでにお店でネイルをされたことはないようですが、ぜひ僕に初めてのネイルをさせてもらえませんか？」

（ま、まぶしい……）

千手の後ろに光が見えたような気がした。

そんなふうに言われてしまっては断ることなんてできない。

実際、少しだけネイルへの憧《あこが》れがあったのもたしかだ。

学生の頃、夏休みに偶然会った同級生たちの爪が綺麗な色で塗られていて、明日香も一度だけマニキュアを買って塗ってみたことがあった。

しかし初めてのネイルは、あちこちにマニキュアがはみ出したひどい出来栄えで、それ以来、ネイルをしたことはない。

「……じゃ、じゃあ、お願いします」

「こちらこそお願いします。では、こちらへ」

千手に案内された先にあったのは木目の美しいテーブルと椅子だった。

「どうぞ。荷物は足元にあるカゴの中へ」

「ありがとうございます」

荷物をカゴに入れ、千手が引いてくれた椅子に腰をおろした。

ここだけを見ればカフェのようだが、テーブルの向かいに千手が腰をおろし、ネイルに必要な道具を並べ始めると、一気にネイルサロンらしさが強くなる。

「こうして道具が出てくるまでは、カフェのようでしょう」

「正直、私も最初に見た時は、和風のカフェか雑貨屋さんかなと思いました」

「それは嬉しいですね。カフェなら心地よさを、雑貨屋なら好奇心《こうきしん》を感じ取ってもらえたのかなと思いますし、親しみやすいということですから」

「そんなふうに考えられるって、なんかすごいですね」

なんだか自分の考え方が幼く思えて、明日香は恥ずかしくなってしまった。

「すごくなんてありませんよ。むしろ、明日香さんのほうが僕はすごいと思います」

「私が？」

「そうやって相手のいいところを口に出して純粋に褒《ほ》めることは、簡単そうでいてなかなかできないことだと思いますから」

「そうでしょうか？」

「ええ」

千手は道具を用意しながら話を続ける。

「生きている中で、いろいろなものを見ていくうちに、どうしてもいいところより も悪いところに目が向くようになったり、褒めるという行為に打算的な意味を持たせてなにかしらの手段として使うようになったりする人間は、少なくありませんから」

「それは、なんだかわかるような気がします」

実際、そうした人のほうがお世辞のひとつも言えない明日香よりもいい会社に入っていたり、上司や先輩に気に入られて働きやすそうにしていたりと、ふだんの生活においてはなにかと得をすることが多いように思える。

「もちろん、そうすることがすべて悪いとは言いません。ですが、見ている人はちゃんと見ていますし、そうした打算に気づく人は案外多いものです。なので、無理にお世辞を言う必要はないですし、純粋に他人を褒めることのできる明日香さんは素敵だと思いますよ」

「あ、ありがとうございます……」

こんなまっすぐに褒められるなんて何年ぶりだろう。

「ネイルの前に少し説明をさせていただきますね。うちの店は少し変わっていまして。お客様に似合う色やデザインを僕のほうで選ばせてもらって、ネイルをさせていただいているんです」

「千手さんがお客様と向き合って、しっかり選ばせてもらいます」

「はい、お客様を選ぶんですか？」

これまでおまかせでなにかを頼んだことはなく、どうしても緊張する。

それに他人にまかせるということは、他人から見た自分のイメージがあらわになる気がして、どうにも落ち着かない。

とても明日香には似合わない高望みのようなイメージや意外なイメージだと、そんなふうに思ってくれる相手に申し訳なくなってしまうし、逆に想像通りのイメージだと、そんなに自分は考えや感情が表に出てしまいやすいのかと思ってしまう。

しかしお礼とはいえ、千手の好意でネイルをしてもらう以上、おまかせはちょっと……とは言いづらい。

「ですが、もちろんお客様の好みや希望は聞くので、そこは安心してくださいね」

「それなら、よかったです……」

その言葉に肩の力が抜けた明日香に千手は笑いかけた。

「おまかせと言われると、どうしても緊張してしまいますよね。こう、自分のイメージを決められてしまうのではと言いますか……あまりにすごすぎるイメージだと、逆に申し訳なくなってしまったり」

「っ、わかります、私もそうなんです！」

同じ考えを持つ相手に出会えたことが嬉しくて、つい前のめりになってしまう。

「あっ、すみません、いきなり大きな声出したりして……」

「いえ、僕も同じ考えを持っている人と会えたのは初めてなので嬉しいですよ。以前にいたところでは、僕のような考え方は、なんだか珍《めずら》しいみたいで……」

千手はその時のことを思い出したのか、困ったように笑ってみせた。

「当時、僕のまわりでは筋骨隆々《きんこつりゅうりゅう》であればあるほどいいだとか、厳《おごそ》かさや慈悲《じひ》深さをいかに見るものに感じさせるかみたいな考えが多かったんですが、なにせ筋肉派が多くて」

「それは、あくまでもイメージの話ですよね？」

「ええ。一応、筋肉が至高《しこう》じゃない時期もあるにはあったみたいなんですけど……ちょっと困りますよね。あまりに筋肉を盛られすぎてしまっても、本来の僕とはかけ離れたものになってしまいますし」

「……た、たしかに筋肉って、筋トレを頑張っても、すぐにつけられるものじゃないですからね」

どうにか言葉を返した明日香の脳裏《のうり》では、タンクトップ姿のマッチョが「ヤー」という独特なかけ声とともに、満面の笑みを浮かべてポーズをとっていた。

千手のまわりには個性にあふれた人が多かったようだ。

「そうなんですよ。いろいろな物を扱っていたので、それなりに力はあるほうだとは思うんですが、さすがに筋骨隆々とまではいかなくて。そんなイメージを持たれてしまったら、どうしようかと」

もしかすると「脱《ぬ》いだらすごいんです」な着やせするタイプなのだろうか。

そんなことを考えながら、ちらりと向かいに座る千手を見てみるが、そんなタイプには見えない。

見た目だけで言えば、むしろ男性にしては細身なほうだ。

「千手さんは、今のままでも素敵やと思いますよ？」

「明日香さんにそんなふうに言ってもらえると嬉しいですね。ありがとうございます」

「い、いえ……」

「僕のせいで話が脱線してしまいましたね。では、ネイルを始めていきましょうか」

「はっ、はい！　よろしくお願いします」

「こちらこそ、よろしくお願いします。では、こちらに手を置いてもらえますか」

テーブルの上に置かれた小さなクッションの上に手を広げて置く。

(これからネイルをしてもらうんや……どんな感じなんやろ)

初めてネイルをしてもらうことを考えると緊張して、自然と手にも力が入ってこわばってしまう。

明日香が緊張していることに気づいた千手は優しく話しかけた。

「やっぱり初めてだと、どうしても緊張してしまいますよね。とくにどういうことをするのかがわからないと余計に。なので、簡単にですが説明しながら進めていきますね」

千手はテーブルの上に並べた道具に視線を戻した。

その中には、明日香が見たことのあるものもあれば、初めて見るものもある。

「ネイルって、こんなにたくさんの道具を使うんですね……」

「必ずしもぜんぶを使うわけではないんですが、ここに並んでいるのは基本的な道具になります」

千手は道具を手にとって、明日香に説明を始めた。

「これがエメリーボード、わかりやすく言うとヤスリですね。まずはこれで爪の形を整えていきますね」

千手は明日香の右手をとると、爪の先にヤスリを当て、ゆっくりと動かし始めた。

ヤスリのリズムにのって、明日香の爪の形が整えられていく。

「爪の長さはどうしましょうか？」

「短めでお願いすることってできますか？」

「わかりました。では短めに整えていきますね」

そうして千手が丁寧《ていねい》にヤスリをかけていくと、爪の長さも少しずつ短くなっていく。

「次は甘皮《あまかわ》などの処理になります。少しこちらに指先をつけてもらえますか？」

お湯が入った小さな木の桶《おけ》に指先をつけると、水面に小さな円が広がり、ふわりと木の香りが漂《ただよ》ってくる。

「これは甘皮などをやわらかくして処理をしやすくするためのものです。そうすることで傷つけることなく処理をすることができるんですよ」

「へぇ……」

(こんな丁寧に爪を整えるんて、初めて……)

いつもは爪切りでパチンと爪を切って、爪切りについているヤスリを少しかけておしまいにすることばかりだ。

（あ、そうだ……）

　ふと気になっていたことを思い出した明日香は、千手にたずねてみることにした。

「あの、聞きたいことがあるんですけど」

「なんでしょう？」

「その……シバさんは黒柴かチワワ、どっちですか？」

　毛並みの色などはブラックタンのチワワのように見えるが、チワワにしては大きくがっしりした骨格と姿形は、小柄な黒柴に近いように見える。

　どの犬種だったとしてもシバさんが可愛いことにかわりはないのだが、シバさんに出会った時から、明日香はずっと気になっていたのだ。

「……っ、ふふっ、はは……」

　タオルを用意していた千手は驚いたように明日香の顔を見ていたかと思うと、我慢できないというように笑い出してしまった。

（私、そんなおかしい質問したん？）

「ふふ、すみません……そんな質問は初めてで。すごく真面目な顔をされていたので、なにを聞かれるのかと少し身構えてたのですが、シバさんについてだとは思わなくて」

まさかそんな真面目な顔をしていたとは思っていなかった明日香は、恥ずかしくてたまらなかった。

指先を木桶《きおけ》につけたままでは、恥ずかしさで赤くなった顔を覆《おお》うこともままならない。

「シバさんはチワワでも黒柴でもないんです。なんと言えばいいか……シバさんはシバさんというのが一番わかりやすい答えかと思います」

厳密には質問の答えになっていないものの、千手の言葉はとてもしっくりきた。

「そろそろ手を出してもらっていいですよ」

言われた通りに手を出すと、千手はタオルで明日香の手をくるむようにして丁寧に水気を拭《ふ》き、なにかを明日香の爪の根元に塗り始めた。

「キューティクルリムーバーを塗り終わったら、メタルプッシャーでキューティクルを押し上げていきます。あとは同時に角質も除去していきますね」

ゆっくりと爪をすべっていくメタルプッシャーは小学生の時に使った彫刻刀《ちょうこくとう》の刃と少し似ていて、爪に合わせるようにゆるやかな弧《こ》を描いていた。

「湿ったガーゼで余分なルーススキューティクルを拭き取ってニッパーで取り除けば、準備は終わりです」

千手は自分の親指にガーゼを巻き付け、水でガーゼを湿らせると爪の表面を優しく拭き取っていく。

「ルースキューティクルって、キューティクルとはちがうものなんですか？」

「ルースキューティクルは甘皮の下にある不要な角質で、これを取っておくことで爪が美しく見えるだけでなく、ネイルの持ちもよくなるんです」

千手は明日香にわかりやすく説明をしながら、ニッパーでルースキューティクルを除去していく。

「爪のケアが終わりましたが、いかがですか？」

もともと小さく丸かった爪は丁寧に形を整えてもらったおかげで、いつもよりも縦長でしゅっとしているように見える。

「すごい……私の手じゃないみたい……」

「まちがいなく、それは明日香さんの手ですよ」

千手はケアに使った道具を片付け終えると、再び明日香の前に座った。

「では、これからネイルに入りますが、好きな色はありますか？」

「好きな色は……えっと……」

（……あれ？）

これまでにも同じ質問をされたことはあったはずだ。

それなのに答えが出てこない。

答えを求めるように、とっさに今の自分が着ている服に目をやる。

しかし今着ている服は白のトップスに黒のスカートと仕事に行くためのもので、べつに明日香が好きな色というわけではない。

（どうして……どうしよう……）

たしかに好きな色があったはずなのに。

「明日香さん？」

「……すみません……わからないです……」

絞《しぼ》り出すように、どうにか明日香は答えた。

（なんで……？　どうして……？）

無意味な言葉だけはぐるぐると頭の中を回るくせに、肝心な好きな色はいくら考えても浮かんでこない。

「大丈夫ですよ」

その言葉を止めてくれたのは千手だった。

「でも、こんなことにも答えられなくて、すみません……」

千手はまっすぐに明日香を見て、もう一度告げた。

「大丈夫ですから。だから、どうか謝らないでください」

千手の声がすっと耳に入ってきたおかげで、明日香は少しだが落ち着くことができた。

「自分のことなのに、こんな簡単な質問にも、きちんと答えられへんとか、おかしいですよね、私……こんなんやからミスして、会社をクビになったんですね」

言葉を重ねていけばいくほど、自分のことが情けなくてたまらなくなってくる。

鼻の奥がツンとして、視界がじわりと歪《ゆが》み出す。

しかしここで泣いてしまっては、なんの関係もない千手に迷惑をかけてしまう。

その思いだけで、どうにか涙だけは止めていた。

「――ちがいます」

「えっ？」

「それはちがいますよ」

明日香の言葉を否定する千手の声には、これまでの明日香とのやりとりの中にはなかった強い響きが込められていた。

「明日香さんの中には、ちゃんと答えはあって、好きな色だってあるはずです」

「でも、それなら答えられないのは、おかしいんじゃ」

「そんなことはありません。今はただその答えにフタをしてしまっていて、うまく答えられないだけなんです」

「フタ……？」

「はい、フタです。そうしてフタをしておかないと、どうしようもない気持ちが一気にあふれ出てきてしまうから。そして、気持ちがあふれ出てしまうことで、誰かを傷つけたり、誰かに迷惑をかけたりしたらどうしようと……優しい人は自分のことよりもそうやってまわりを優先して考えてしまうんです」

そこまで話すと千手は明日香からの答えを待つように、ただ明日香のことをじっと見ていた。

「千手さんにそんなふうに言ってもらえるようなできた人間やないですよ、私……」

――大丈夫ですよ。

――余計な心配をかけてしまってすみません。

早くなんでもない顔をして、そんなふうに答えなければと思った明日香の口から出てきたのは、明日香が思っていた言葉とはちがったものだった。

「自分に自信なんてなくて、自信につながるようなこともできへんくて。これでいいのかな、大丈夫かなって、不安ばかりで……だから今回のことでも、自分がしたミスじゃないって、はっきり言えなくて……そんなんやから私がやったんやろうって、私ならそんなミスをしてもおかしくないって、田中先輩もみんなも、きっとそう思ってて……」

自分への不甲斐《ふがい》なさに、思わずぎゅっと手を握り締める。

その上に、そっと重なったのは千手の手だった。

「僕は信じますよ。明日香さんがやったわけではないと」

「どうして……だって、会社での私のことなんか、なんも知らんのに」

「たしかに僕は会社での明日香さんを知りません。でも明日香さんが優しい人だということはわかります。シバさんが無事に家まで帰れるか心配して、わざわざ家まで付き添《そ》ってくれて。そんなことが当たり前のようにできる優しい人で、優しいからこそ押し殺してきた思いも、これまでにたくさんあったんだと思います」

「……っ」

千手の言葉に、ずっと我慢してきた涙があふれ出してきた。

突然泣き出してしまった明日香に千手はなにも言わず、ただ明日香が落ち着くのを待ってくれていた。

「すみません、急に、こんな……」

「よかったら、どうぞ。余分に持ってきていたみたいで」

「っ、ありがとう、ございます……」

そう言って千手から差し出されたタオルを明日香はありがたく受け取った。

きっと今の明日香の顔は涙と、考えたくないが鼻水でぐしょぐしょになっているはずだ。

それでも千手はこれまでとなにも変わらない態度で明日香に接してくれた。

そのことが明日香にはひどくありがたかった。

「お気になさらずに。ちなみに明日香さんがミスをしたと言ってきたのは、上司の方ですか？」

「はい……山本部長と教育係の田中先輩です」

山本部長はふだんあまり接したことはないが、教育係でもある田中先輩は明日香にいろいろなことを教えてくれた。

それに少しでもこたえたいと明日香も真面目に頑張っていた。

自分の頑張りを見てくれている田中先輩に、少しでも追いつきたいとも思っていた。

「できがいいとは言えない後輩だから、あの子ならそんなミスをしてもおかしくないて……田中先輩が他の人たちにそんなふうに言っていたそうです」

「そうですか……それは、あれですね」

「あれ？」

「えっと、なんて言うんでしたっけ……」

明日香の話を聞いていた千手は神妙な顔になると、なにかを考えていた。

少しして言葉を思い出したのか。

千手はその言葉を口にした。

「あっ、思い出しました！　クソ野郎《やろう》です」

「ク、クソ野郎……」

おだやかな口調のままの千手から放たれた言葉に、驚きで涙も止まってしまった。

「そうした人間のことを、そう言うのですよね」

「えっと……それは、どうでしょう……？」

言いたい言葉を言えてすっきりしたと言わんばかりの千手に明日香は戸惑った。

「ですが、人の上に立つ立場であるにもかかわらず、まともに明日香さんや他の人の話を聞こうともせず、一方的に決めつけて責任をとらせ、さっさとクビにするような人間ですよね」

ふしぎそうに千手に言われて、明日香は答えに詰まってしまった。

明日香への聞き取りなどはなにもなく、気づいた時には明日香がクビになることは決まっていたようなもので、もうなにを言っても遅い状況になっていた。

（改めて言われると、いろいろひどいというか……ずいぶん都合のいいように扱われてたんやな……)

　これまでも似たようなことはあったが、そんなふうに思ったことはなかった。

　明日香がそう思ったことがないのは事実だが、実際は明日香が自分の状況に疑問を持とうとしなかっただけかもしれない。

(ちがう……)

　――仕方ない。

　――たぶん、そういうものだから。

　――わざわざなにか言って面倒《めんどう》なことになったら。

　それらしい言葉や理由をいくつも並べ立てて、ただ考えることからずっと逃げてきただけだ。

(少しでもおかしいって気づいたら、そんな扱いが当たり前の自分がみじめになるから……)

　そう思うと、自分にはこのあたたかくておだやかな空気が流れる場所が、ずいぶんと不似合いのように思えてくる。

　明日香は千手の顔を見ることもできず、視線から逃げるようにしてうつむくことしかできなかった。

　そうやって、また逃げることしかできない明日香の目に入ったのは自分の手だった。今は千手のおかげで綺麗になっているが、まともに手入れのひとつもしていなかった手は乾燥して、なにも考えずに爪切りで切りっぱなしだった爪は先がガタガタで艶《つや》もなく、ささくれができている指もあった。

「……ぼろぼろやったんですね……」

いつの間にこんなふうになってしまったのだろう。

荒れていた明日香の手は、その時の明日香の状態を映し出しているようだった。

「たくさんのことを我慢して、ここまで頑張ってきた優しい人の手です」

千手はゆっくりと言葉を続けた。

「下を向いていたからこそ、気づけるものだってあります。そのおかげで明日香さんはシバさんを見つけて、こうしてお店に来てくれて……自分が疲れていることにも気づくことができました」

優しい言葉と、そこに込められた千手のあたたかさがじんわりと伝わってくる。

「それに爪にのせた色だって、そのほうがたくさん目に入ります。自分が好きな色だったり素敵な色が目に入ってくると、少しだけでも元気が出たり癒やされたりしませんか？」

千手の言葉に明日香はゆっくりとうなずいた。

まだネイルはしていないが、こうして丁寧に整えてもらった爪が目に入るだけで、少しだけだが、沈んでいた気持ちが浮かんでくるように思う。

「自分では器用だとは思わないのですが、他に比べると少しは器用なほうだったみたいで。だから、こんな僕にでもできることがあればと……そう思って、興味があったこの仕事を選んだんです」

「素敵な考え方です。私なんか、なにがしたいとか、そういうんは考えられへんくて。ただ、まわりと同じように、ちゃんと就職しなって……とにかく内定をもらうんに必死やって」

自分のやりたいことをしっかり考えた上で今の仕事をしている千手に対して、自分はなんと浅はかなのだろうと少し恥ずかしくなる。

「まわりと同じようになろうと努力することだって、誰にでもできることではないです。実際、僕にはそれができませんでしたから」

「うそやろ、千手さんが？」

ひどく意外なことのように思えて、明日香が思わず驚きの声を上げると千手は笑った。

「ええ。ですが、まわりと同じようにできなかったことが、今の僕の仕事につながっていると言ってもいいのかもしれませんね」

なにがあったのかはわからないが、そう話す千手はひどく達観しているように見えた。

（私も千手さんみたいに、昔はこんなことがあったなぁって、そんなふうに思えるようになるんかな）

しかし、それは途方もないことのように思える。

そんな日が来ることなど、今の明日香には想像もつかなかった。

「明日香さんのネイルに使う色やデザインは、僕が選ばせてもらってもいいですか？」

「は、はい……お願いします……」

「ありがとうございます。明日香さんがよりよいほうに向かえるように、そして少しでも元気になってもらえるように……そんな想いを込めて選ばせてもらいますね」

千手は壁際にある階段箪笥に向かうと引き出しを開けた。

その中にずらりと並んだマニキュアのボトルをじっとながめながら、少し考えていたかと思うと、二本のボトルを手に取って戻ってきた。

「お待たせしました。こちらの二色はいかがですか？」

テーブルの上に置かれたのはやわらかなピンク色のボトルと、ほんの少し黄色みのある白色のボトルだった。

「綺麗な色……」

「ピンクが桜色、白が胡粉《ごふん》色になります」

桜色は桜の花の色を指しているものとすぐにわかるが、胡粉という初めての言葉が気になった明日香は千手にたずねた。

「あの胡粉って?」

「胡粉は貝殻を粉にしたもので、その色と似ていることから胡粉色と言われています。胡粉は顔料のひとつとして、古くから用いられていた記録もあって、うちの店では爪や肌への優しさを考えて胡粉で作られたマニキュアを使っているんです」

「そんなに昔からあるもんなんですね。知りませんでした」

「身近なものではないですし、知らない人のほうが多いと思いますよ。胡粉は神社仏閣の壁に描かれた絵画などにも使われていて、僕の場合はたまたま馴染《なじ》みがあったというだけなので」

(馴染みがあるってことは、お寺か神社で働いてはったとか?)

寺や神社にいる千手の姿を想像してみるが、どちらも様になっている。

(でも長い間、海外にいたみたいなことも言うてはったし……)

他人のことをいろいろと詮索するのはよくないとわかってはいるが、どこかふしぎな雰囲気を持っている千手のことが気になり、つい、そんなことを考えてしまう。

「どうでしょう。僕なりに明日香さんに似合う色を選んでみたんですが、気に入ってもらえましたか？」

じっと明日香を見てくる千手に思わずドキッとしてしまう。

「は、はい！　どっちの色もすごい素敵で、私にはもったいないくらいです」

わたわたとあわてながら答える明日香に千手はほっとしたように笑った。

「選んだ色を気に入ってもらえたようでよかったです。じゃあ、この二色でネイルをさせてもらいますね」

「よろしくお願いします」

「じゃあ、またこちらに手を置いてもらえますか」

「はい……」

小さなクッションの上に再び手を置いた。

先程よりマシにはなったものの、まだ少し緊張してしまう。

「まずは油分を除去して、それからベースコートを塗っていきますね」

透明なオイルのようなものを塗ったあとに、透明なマニキュアのボトルを取り出した。

「手のひらを上に向けてもらえますか」

明日香が言われた通りにすると、千手は透明なマニキュアのボトルのフタを取り、その先についている刷毛《はけ》で爪の裏側や先端の部分に塗った。そして今度はそのまま手をひっくり返し、爪の表面にも同じようにベースコートを塗っていった。

「裏側にも塗っておくことでネイルがはがれにくくなるんです」

そうしてベースコートが乾いたのを確認すると、千手は桜色のマニキュアを手に取り、ベースコートの時と同じように裏側や先端に塗ってから爪の表面にも塗っていく。

根元のキューティクルにつかないようにマニキュアを塗っていく千手の表情は真剣そのもので、距離の近さもあって明日香はどこか落ち着かない。

「もう一度塗っていきますね。うちのマニキュアは少し特別なものなので、かなり早く乾いてくれるんですよ」

千手の言葉通り、少し話をしている間にマニキュアは乾いており、同じマニキュアを薄く重ねて塗っていくと、さらに華やかに爪先に桜色が咲き誇った。

「このあとに胡粉色を爪の先にのせていきますね」

次に胡粉色のボトルを手にすると、爪先の部分にだけ胡粉色をのせていく。

「これはフレンチネイルというデザインになります。もともとは透明な色味をのせて、爪の先だけに白系の色をのせたデザインのことを指していましたが、最近ではさまざまな色の組み合わせがあるんですよ」

最後にトップコートを塗って、千手のネイルは完成となった。

「どうですか？」

「綺麗……」

つややかな桜色をベースに、爪の先には胡粉色がのっている。

「少し控《ひか》えめに、上品で優しい色味に仕上げてみました。デザインも上品さがある
デザインも上品さがあるもので、明日香さんの爪が綺麗に見えるものにしました」

明日香は思わずしげしげとネイルで彩られた爪をながめた。

（ほんまに、自分の爪やないみたい……）

ぼろぼろだった爪が、今はぴかぴかと輝《かがや》いている。

「……あの、どうしてこの色を千手さんは選んでくれはったんですか？」

「僕がお客様に似合う色を選ぶ時には、お客様の好みの他にお客様がまとっている雰囲気も大事にしているんです」

「雰囲気……？」

「はい。なので、明日香さんのおだやかで優しい雰囲気に合う色を……そう思って、この二色を選びました」

（そんなふうに思われてたんや……）

面と向かって言われてしまうと、なんだか恥ずかしくなってくる。

「古くから愛されてきた桜は冬を越えて、春になれば美しい花を咲かせます。そのため桜は五穀豊穣《ごこくほうじょう》を象徴する縁起のいい柄とされているんです。明日香さんのこれからにいいことがあればと、桜色には僕のそんな願いもこもっています」

千手の想いを聞いてもう一度爪をながめてみると、さらにこのネイルが特別なもののように思えた。

「最後にオイルを塗っても大丈夫ですか?」

「大丈夫です」

千手は小さな瓶のフタを開けると、自分の手の上で瓶を傾けた。

一滴、二滴とオイルを垂《た》らすと、心地よい花の香りがふんわりと広がる。

「いい香りですね」

「ありがとうございます。蓮《はす》の香りなんですよ」

「蓮の香りって、珍しいですね」

こうしたものに使われている花の香りとして明日香がこれまで見かけたことのあるものと言えば、バラやラベンダーで、蓮は今まで見たことがない。

「珍しいですよね。実はこのオイルも特別なものなんです」

「特別?」

思わず首を傾げた明日香に、千手は秘密を打ち明けるようにそっと告げた。

「このオイルはね、お守りがわりなんです」

「……お守り、ですか？」

ネイルにはどこか似合わない言葉だが、明日香にそう告げた千手はいたずらっこのような笑顔を浮かべていた。

「ええ。力のない僕にもなにかできることがないか考えた時に、これくらいならできるかなと思いまして。だから、これは特別なんですよ」

明日香の爪の根元に一滴ずつオイルを垂らしていくと、蓮の香りがさらに広がった。

「こんなふうにオイルをつけるなんて初めてです」

「爪を守ってくれるのでおすすめですよ」

そっと明日香の手を取るとゆっくりと指をすべらせていく。

自分の手が宝物にでもなったかのようで、なんだかくすぐったい気持ちだ。

「それに爪だけじゃなくて、明日香さんのことも守ってくれます。だから大丈夫ですよ」

「え？」

「これまで明日香さんが頑張ってこられたことは無駄《むだ》じゃなかったと思います。でも少し頑張りすぎて疲れてしまったんですね。いろいろなことを我慢しすぎてしまったから」

「どうしてわかるんですか？」

ネイルをしてもらっている最中に話をしたとはいえ、そこまで話していなかったはずだ。

「手を見ればわかります」

「手？」

「ええ。手の具合と言えばいいんですかね」

千手は明日香の手のひらをそっと上に向けてみせると、手のひらの真ん中あたりを優しくなぞった。

「ぎゅっと強く手を握り締めていないといけないようなことがあったんだろうなと。それこそ爪が食い込んでしまうくらいに」

千手に言われるまで明日香はまったく気づかなかったが、言われてみるとよく手を握り締めていたかもしれない。

それは行き場のない怒りや吐き出しようのない悲しみを、どうにかして押しつぶそうと必死だったからだ。そうでもしなければ、どうにかなってしまいそうだった。

「でも、これから少しずつですが、明日香さんはいい方向に進んでいけますよ。そのためのお守りですから」

今日出会ったばかりの人に、こんなことを聞くのはおかしいのかもしれない。それでも明日香は千手に聞いてみたいと思った。

「……本当に、私は大丈夫やって思います？」

「ええ。明日香さんなら、きっと大丈夫だと僕は思います」

千手の言葉に、明日香は湧《わ》き上がってくる涙を止めるのに必死で……。

そんな明日香を千手は見ていないふりをしてくれた。

千手のその優しさと、明日香が泣き止むまでの間、手をさすってくれる千手のあたたかさがひどくありがたかった。

※　※　※

「……おはよう、ございます」

千手にネイルをしてもらった翌日、明日香の姿は会社にあった。

あのあと、自宅に帰った明日香のスマホには会社から何度か電話が入っていた。

もっとしつこく連絡が来ているかと思ったが、そんなに何度も連絡するほどの価値は自分にはないのかと思うと、ほっとしたような悲しいような気持ちだった。

録音されていた留守番電話を聞いてみると、明日私物を絶対取りに来るように、そして明日以降はもう来なくていいとのことだった。

もともと会社に私物を置くことはほとんどなかったため、残った物はそのまま処分してもらうこともできたのだが、けじめとして自分の手で片付けることを選んだ。

わざわざ会社にやってきた明日香に他の社員たちの視線が突き刺さるが、誰からも挨拶《あいさつ》が返ってくることはなく、少しすると途切れていたキーボードの音が再び響き始めた。

(私と関わりたくなくて当然か……)

どうにか気持ちを切り替えて片付けを始めるが、すぐに終わってしまった。

引継ぎ作業も、すぐに確認ができるように日頃からこまめに作業手順などをまとめていたため、手順についての見直しをおこない、変更があった箇所の修正をしていくだけだ。

(……あれ?)

作業の途中、ある箇所で明日香は手を止めた。

(ここ、たしか変更してたはずやけど……)

明日香の目にとまったのは、とある仕様についての部分だった。

明日香の記憶では仕様の変更について説明を聞いたあとに、作業手順も変更したはずだったが、なぜか変更前のものになっているのだ。

（変更したあとに保存できてへんかったとか？）

しかし、たしかに明日香は変更を終え、きちんと保存もしたはずだ。

もしかすると、明日香に知らされていないだけで、変更前のものに戻ったのかもしれない。

（念のために田中先輩に確認してみよう）

田中先輩ならば明日香のパソコンのデータを確認することもできるため、もしかすると変更してくれていたのかもしれない。

そう思い、明日香は席を立った。

（それに田中先輩にはお世話になったし、会社を辞める前に、きちんと挨拶したいし）

この機会を逃してしまえば、なんの挨拶もお礼もできないまま、明日香は会社を去ることになるかもしれない。

それに昨日耳にした、田中先輩が明日香について言っていたことも、本当のことかどうかはわからない。

しかし席には田中先輩の姿はない。

近くにいた人にたずねてみると、先輩は資料を探しに資料室に行ったらしく、明日香も向かうことにした。

明日香が資料室に来るのは初めてだ。

思い返せば、いつも田中先輩が「私が行ってくる」と言って、必要な資料を探しに行ってくれていた。

(そういうところも駄目やったんやろなぁ……)

そうした気遣いができなかった自分がひどく情けなく思えてくる。だから明日香はクビになってしまったのだろう。

(田中先輩にどんな顔をして会えばいいんだろう)

田中先輩だって、明日香がクビになったことはすでに知っているはずだ。

そんな不安に襲《おそ》われ、明日香は資料室になかなか入ることができずにいると、中から声が聞こえてきた。

「……しかし、いい人がいてよかった」

「あぁ、寿さん?」

(田中先輩と、山本部長もいる)

聞こえてきたのは田中先輩と山本部長の声だった。

（それも私のこと話してるし……）

自分の話をしているところに出ていくのは、さすがに気まずい。

（田中先輩に挨拶するのは、あとにしよう。山本部長もいるし）

明日香は静かにその場を去ろうとしたが、次に聞こえてきた言葉に思わず足を止めた。

「いい子やったわぁ……こっちのミスごまかすのにデータいじっても気づかへんし」

（……どういうこと？）

田中先輩が発した言葉の意味を、明日香はすぐには理解することができなかった。

「彼女、本当に真面目やし、気も強くないから。ちょっとこっちが強く言うただけで、自分が悪かったんやないかて、勝手に思ってくれるから動かしやすくて。面接で話してみて、ちょうどいいいて思ったんや」

「山本部長って、ほんま見る目あって素敵やわぁ〜」

「おいおい、ここは会社やぞ」

これまでに聞いたことのない、わざと甘えて媚《こ》びるような田中先輩の声に、山本部長はまんざらでもなさそうな様子だった。

「え～、いいやろ？　今は私と山本部長のふたりきりなんやし」

「それは……」

「最近、仕事が忙しいとか、妻が、こどもが～言うて、ぜんぜん会ってくれへんし」

「さみしい思いさせてるんは悪い思ってる。けど俺にも立場ってもんがあるんや。ほんまはさっさと離婚したいんやけど、そうもいかんくてな」

　締まり切っていない扉からそっと資料室の中をのぞいてみると、田中先輩は山本部長の腕に手を回し、その腕に胸を押し付けながら山本部長にしなだれかかっていた。

「そのかわりに、君が仕事しやすいようにいろいろしてるやろ？　あの後輩やってちょうどいいと思って、君のために採用したようなもんや。そうでなかったら、あんなんわざわざとらへん」

「ほんま扱いやすくてちょうどよかったわぁ。ただ私のこと先輩先輩って、馬鹿《ばか》のひとつ覚えみたいに言うてくるんは、うっとうしかったけど」

（私、田中先輩から本当はそんなふうに思われてたんや……）

　いつも丁寧に仕事を教えてくれて、こんな後輩ができて嬉しいと言ってくれた田中先輩の笑顔が、明日香の頭をよぎった。

しかしあれはすべてうそで、内心ではうっとうしいと思っていたのか。

「それはさすがにかわいそうやろ？　あれでも君のこと慕《した》ってたんやし」

山本部長はフォローするように田中先輩に言うが、明日香を馬鹿にするような響きを隠そうともしなかった。

「あんなのに慕ってもらわんでいいわ。とろくて馬鹿な後輩なんか、いても邪魔《じゃま》やし。ほんま、ああいうのって視界に入るだけでイライラするし、存在が無理やわ」

「ははっ、きついなぁ。それなりに可愛がってたんとちがうんか？」

「可愛がってたとか、そんなわけないやん！」

田中先輩は心底嫌そうに山本部長に反論していた。

「まあ、ずっとうっとうしかったけど、ミスを押し付けられたし、我慢して教育係やってたかいがあったわぁ。これでまた当分、今までと同じようにやっていけるんやし」

これまで明日香に優しく仕事を教えてくれた田中先輩の姿は、もうそこにはなかった。

「あの様子やったら、ミスを押し付けられたことにも気づいてへんやろ。俺のほうでも彼女のミスやったって話を通してるけど、なにか言ってきたら、お前がちゃんとしてへんかったせいやって言うといてくれ」

「わかった。あれやったら、私の言うこと素直に聞くし。それにまわりに相談とかもできへんから、それも大丈夫そう。前の子みたいにわざわざ孤立するように仕向けんでも、勝手にひとりになってくれて。そこだけはほんまいい子やったわぁ」

山本部長にそっと寄り添って、田中先輩は楽しそうに笑っていた。

（前の子みたいにって、私の前にも同じようにミスを押し付けられた人が……？）

許されることではないが、山本部長と田中先輩に罪悪感などはまったくない様子だ。

「まあ、あんな無駄に真面目やったら、どこにいってもやってけへんやろうけど」

「もうどうでもいいやろ。辞めるやつのことなんか」

先程までの会話などなかったかのように、ふたりの距離がさらに近づいていく。

明日香にできることは、ふたりに気づかれないようにその場をあとにすることだけだった。席に戻ってきたあとも、ふたりのやりとりが明日香の頭から離れることはなかった。

（私、これまでなにをしてたんやろ……）

これまでどうにか自分をだましながら積み重ねてきたものが、一気に崩《くず》れてしまった。

頭の中には田中先輩と山本部長のやりとりがぐるぐると回っている。

ふたりが不倫《ふりん》をしていたこともだが、それ以上に田中先輩からあんなふうに思われていたことがひどくショックだった。

まわりが次々と内定をもらっていく中で、なかなか内定をもらえずに、どうにか面接までこぎつけることができたのがこの会社だった。

ガチガチに緊張しながらも、どうにか必死に受け答えをする中で、面接を担当していた山本部長からかけられた「君、いいね」の言葉が、不採用続きで自分にはなんの価値もないのではと思い悩んでいたあの時の明日香にとって、どれだけ嬉しかったか。

その後、届いた採用の知らせを見た明日香は思わず涙ぐんだ。

（こんな自分を採用してくれたんやからこの会社で頑張ろうって、そう思ったのに）

明日香の教育係になった田中先輩のことだって、本当に尊敬していた。

仕事ができて、美人で、ハキハキと物が言えて……。

明日香にはないものを田中先輩はすべて持っていて、キラキラして見えた。

いつか自分もこんなふうになれたらいいなと、ひそかに憧れていた。

（それなのに……）

明日香は選ばれたわけでもなんでもなければ、大事な新入社員でも後輩でもない。

ただ単に「ちょうどいい、穴埋《あなう》めができるなにか」でしかなかった。

どうなってもいい、吹けば飛んでいくように軽くて、いつでも簡単にシュレッダーにかけてしまえる不要な紙と同じ存在だった。

(……くやしい)

湧き上がってきたのは悲しみよりもくやしさだった。

どうしても、その思いが消えない。

その場で泣くわけにはいかないと、うつむいた明日香の目に千手がほどこしてくれたネイルが映る。

(いい方向に進めるって、千手さん言ってくれてたっけ……)

千手にせっかく綺麗にしてもらったネイルに傷がついてしまうのはもったいない。綺麗なネイルに少しだけ気持ちが明るくなった明日香は、少しでも早くやるべきことを終わらせて会社を去ろうと、どうにか気持ちを切り替えてパソコンに向かった。

「えっ?」

しかしパソコンに向かうはずの手は、なぜかパソコンではなく、机の上に置いていた明日香のスマホに伸びていた。

（待って、どうして……）

あわてて手にしたスマホを置こうとするが、どういうことか。

手は明日香の思いとはべつに、スマホでネットの検索エンジンを立ち上げると、今度はいつもの明日香以上のスピードで文字を入力し始めた。

（手が、勝手に動いてる？）

誰かに助けを求めようにも、クビを告げられた明日香を助けてくれるような人はなく、さらに明日香の席は目立たないところに配置されているため、異変に気づく人もいない。

（とにかく、なんでもいいから止まってお願い！）

そんな明日香の思いが通じたのか。

ぴたりと手が止まった。

「よ、よかったぁ……」

（あのまま止まらへんかったらどうしようかと思った……）

明日香は改めてスマホの画面に目を向けた。

画面に表示されていたのは労働に関する相談窓口だった。

（これ、ＣＭとかで流れてくるとこや……）

何度か見たことはあったが「どうせ相談したところで、なにも変わらへんのに」

といったネットの意見を見て、明日香もそう思っていた。

しかし、どうせなにも変わらないと思っていたのは、ただ明日香自身がやろうとしない言い訳でしかなかったのではないか。

実際、こんなにも簡単に相談窓口へとたどり着いてしまった。

今の時代、サイトを探す気さえあればすぐに探せる。

どこの誰かもわからない他人の意見を聞き入れない選択だってあったはずだ。

それをしなかったのは、他の誰でもない明日香自身だ。

(なんも変わらへんかもしれんし、クビって言われて今更かもしれん、けど……)

ぎゅっとスマホを握り締めた明日香の指先には、千手にほどこしてもらったネイルが輝いている。

指先を彩るその小さな輝きが、そして千手の言葉が、明日香に勇気をくれた。

(でも、もしも、まだできることがあるんやったら……)

明日香は姿勢を正して深呼吸をすると、ネイルに彩られた指でスマホに文字を打ち始めた。

※　　※　　※

それから数日後、明日香は再び千手の店を訪れた。

急な訪問は迷惑かもしれないとも考えたが、どうしても直接会ってお礼を言いたかった。

初めて店を訪れた時は不安に感じてしまった店までの道も、今はなんの不安も感じることはなかった。

「あの、こんにちは……」

引き戸を開けると、店内からあの日と同じお香のような香りが漂ってきた。

「……明日香さん？」

突然店を訪れた明日香に、千手はひどく驚いた様子だった。

千手はちょうど休憩中だったのだろうか。

ソファからあわてたように立ち上がると、明日香のところにやってきた。

よく見るとソファにはシバさんの姿もあり、少し驚いたように明日香を見ていた。

「どうやって、この店に？」

（どうやってって……）

「えっと、ここまでは歩いてきましたけど……」

ふしぎなことを聞くなと思いながらも答える明日香に、千手は呆然《ぼうぜん》とした様子だった。

「あっ、もしかしてあの門って、お店の裏口だったりしますか？　だったらすみません。勝手に裏口から入ってきてしまって。他に入口を知らなくて……」

「あぁ、いえ、そうではないんですが……まさか、またこうしてお店に来てもらえるとは思っていなかったので驚いてしまって……僕のほうこそすみません」

千手は少し戸惑っていたものの、どうにか落ち着きを取り戻すと明日香にたずねた。

「今日はどうして店に？」

「千手さんにどうしても直接会ってお礼が言いたくて……それで来たんです」

「お礼？　僕にですか？」

「はい」

驚く千手に明日香はあの日あったできごとを話し始めた。

「ネイルをしてもらった翌日に会社に行ったんですけど、労働に関する相談窓口に問い合わせて相談することができたんです。すごいふしぎなんですけど、手が勝手に動いて……どうせ相談しても無駄やって思っていたのに、まるで私の手じゃないみたいというか……」

その後は、驚くほどとんとん拍子で話が進んでいった。

明日香の会社については、実は以前にも相談があったらしく、明日香の相談を聞いた担当者がすぐに動いてくれることになった。

調査の結果、一方的に明日香のミスだとされていたものは、実際には明日香のせいではないことがわかった。

明日香は会社から正式な謝罪を受け、不当にクビを言い渡されたこともあり、クビについても撤回すると言われたが、明日香はそのまま会社を辞めることを決めた。

明日香が資料室で聞いた山本部長と田中先輩のやりとりからは「ただのミス」だとは思えず、そのことも相談時に伝えていたが、会社側はあくまで「誤った処理をした」とすることにしたらしい。

山本部長と田中先輩の仲についてはわざわざ報告してはいないものの、社内ではずいぶんと前から噂《うわさ》はあったらしい。

しかし、このふたりに会社を辞められてしまうとなにやら困ることがあるようで、実質黙認ということになっていたそうだ。

そうした会社の対応もあって「もうこの会社にはいたくない」と思ったのだ。

信用することができないところで、これからも仕事を続けていけるとも思えず、もし似たようなことがまたあった時には、今回のようにミスや責任を押し付けられる未来しか見えなかった。

仮に明日香がそうした目に遭《あ》わなかったとしても、かわりに誰かがそうなることは目に見えている。

「本当にありがとうございました。千手さんに話を聞いてもらって、後押しをしてもらったおかげで、会社を辞める決心がつきました」

明日香は改めてお礼を伝えると、深々と頭を下げた。

「僕はただネイルをさせてもらっただけで、なにもしていませんよ。その結果をもたらしたのは僕ではなくて、明日香さん自身ですから」

「でも、最初に話を聞いてくれたんは千手さんです」

明日香は頭を上げると、じっと千手を見た。

「初めて会ったばかりやったのに私の話を聞いてくれて……こんな私を助けようと手を伸ばしてくれる人がいたことが、本当に嬉しかったんです」

「……っ」

「千手さん？」

「いえ、すみません。なんでもありません」

千手が一瞬息をのんだ気がしたが、次の瞬間にはおだやかな表情に戻っていた。

「ところで会社を辞めたとのことですが、次に働くところはもう決まったのですか?」

「それはこれから探すとこなんです。ゆっくり探したいんですが、できれば早めに決めたいなとも思ってて。もちろん、私が今までいた会社みたいなとこ以外で……」

そうは言うものの、理由があるとは言っても、入ったばかりの会社を一か月ちょっとで辞めた明日香を雇ってくれるような会社を見つけることは、なかなか難しいだろう。

「なるほど……」

明日香の話を聞いた千手はなにか考え込んでいたようだが、やがて口を開いた。

「だったら、いいところがありますよ」

「どこですか?」

「ここです」

「えっ?」

「明日香さんさえよければ、うちのお店で働きませんか?」

「……」

それはあまりにも突然すぎる誘いで、明日香は驚いてなにも言えなかった。

(ネイルをしてもらう時もそうやったけど、千手さんって、結構いきなり思いがけ

ないことを言うんやな）

もしかすると千手の優しさから誘ってくれたのかもしれないが、それだと逆に千手に迷惑をかけてしまうことになる。

そう思った明日香は千手にたずねた。

「でも、私はネイルの知識や技術もないですし」

「それは少しずつ勉強してもらって覚えていってもらえれば大丈夫ですよ」

「あの……どうして私なんですか？　ネイルの知識や技術がなくてもいいんやったら、べつに私やなくても」

「たしかに、明日香さんでなくてもいいのかもしれません」

自分でたずねたことだとはいえ、想像していた答えが千手から返ってくるのは思っていたよりも胸をぎゅっと締めつけられるような息苦しさがあった。

「けれど逆に誰でもいいというなら、明日香さんを選んでもいいってことですよね？　それなら僕は明日香さんがいいです」

「いいえ、それは多分、そういう意味やないと思うんですけど……」

千手が言っていることは、まるで禅問答のようだ。

「そうなんですか？」

千手はふしぎそうな顔をしているが、そんな顔をしたいのは明日香のほうだ。

（千手さんは一体なんなんやろ……）

初めて会った時はおかしな人だと思っていたが、どこまでもふしぎで、まるで雲かなにかのようにふわふわと浮いているような人だ。

だけど、そのふしぎなやわらかさとあたたかさで、心を包み込んでしまう。

「ここまで言っておいてなんですが、もちろん明日香さんさえよければの話ですし、決して無理にとは言いませんので」

初めて店を訪れた時の明日香以上にあわてる千手に、思わず笑みがこぼれた。

こうして誰かと話をする中で自然と笑うのも、ずいぶんとひさしぶりだった。

（ここでなら、大丈夫な気がする）

自然と笑えるような場所でなら、きっとやっていける。

ネイルの知識も、なにもない。

けれど明日香が千手にそうしてもらったように、誰かをほんの少し元気にしたり、いい方向へと後押ししたりするような、そんな仕事の手伝いをしてみたいと思ったのだ。

「あの……私でよければ、ぜひここで働かせてください」

「本当ですか？」

「はい、よろしくお願いします」

「僕のほうこそよろしくお願いします」

「うむ、改めてよろしく頼むぞ！」

千手の声に初めて耳にする声が重なった。

「あの、他に店員さんがいるんですか？」

「あー……、いえ……」

もしも他に店員がいるのであれば挨拶をしなければと思い、明日香は店内を見回してみるが、千手以外の姿はどこにもない。

(誰もいない……？)

ならば、さっき聞こえてきた声は一体誰のものなのか。

「おおっ、これはもしかしてケーキか？」

「っ！」

突然、あの聞きなれない声が聞こえてくる。

足元のほうを見ると、明日香がお礼として持ってきたケーキの入った紙袋をふんふんと嬉しそうに嗅ぐシバさんの姿があった。

「あっ、待って、これは犬は食べられへん」

「こっ、これは、デパートでしか買えないフルーツいっぱいのお高いケーキ！　それも期間限定のものだぞ！」

あわててケーキの入った紙袋を遠ざけようと手を伸ばしかけた明日香は、シバさんを見たまま固まった。

「シバさんはケーキが好きなんじゃ！　話も終わったのなら早く食べるぞ！　おいしいものはおいしいうちに食べるべき、それが作ってくれた者に対する礼儀だからな！」

シバさんは嬉しそうにぶんぶんと勢いよくしっぽを振って、満面の笑みを明日香に向けてくるが、明日香はそれどころではなかった。

「……シ、シバさんが……しゃべってる……？」

（これは……夢……？）

そう思う明日香だったが、勢いよく振られているシバさんのしっぽが足にべしべしと当たるたびに痛みを感じる。

「……てことは、夢やない……？」

「ええ、夢じゃありません」

「腹話術とか？」

「あいにくですが、僕にそんな芸はできないので」

千手にそう言われても、なにがどうなっているのか。

明日香はその場に立っているだけで、精一杯だった。

「シバさん、嬉しいのはわかりますけど、少し落ち着いてください。ケーキを食べるのは明日香さんに僕たちのことをきちんと説明したあとですよ」

「なんだ、千手はまだ説明しとらんかったのか？」

「僕が説明しようとしたところに、シバさんがいきなり入ってきたんですよ」

「なるほど、それは悪いことをしたが、百聞は一見に如《し》かずとも言うんだぞ。ちょうど説明の手間が省けただろう」

「すみませんが、シバさん。少しだけ黙《だま》っていてもらってもいいですか……」

シバさんにそう言うと千手は深くため息をついた。

「明日香さん、いろいろと突然のことばかりで本当にすみません。お店で働いてくれるなら、ちゃんと明日香さんにも僕たちについて説明する必要があるのですが……その、今、話をしても大丈夫そうですか？」

「は、はい、なんとか……」

正直いっぱいいっぱいになっているところはあったが、ここまで来ればもう最後まで聞いておきたい。

「本当はもっと落ち着いて、ゆっくりと説明をしたかったんですけど……」

千手はシバさんを見るが、シバさんは知らん顔でそっぽを向くと、早く説明しろというように床をペシンッとしっぽで叩いた。

「まずはこのお店、彩日堂についてですが、ここはなにか悩みや困りごと、不安を抱えているお客様が一度だけ訪れることができる店なんです」

「一度だけ……だから今日、私が店に来た時に千手さんは驚いてたんですね」

「はい」

「でも、それやったら、なんで私はもう一度店に来れたんですか？」

「それはおそらくですが、僕やシバさんと深く縁が結ばれたからだと思います。もともと、このお店に明日香さんがやってきたきっかけはシバさんに出会ったから……言い方を換えれば、シバさんの導きがあったからです」

「導きということは、シバさんはふつうの犬やないんですね？」

人間の言葉を話す犬がふつうの犬であるはずがない。

シバさんは千手に言われた通り、なにも言わずに待っているが、その視線は明日香が持ってきたケーキの箱に注がれている。

「はい。ついでに言うと、僕もふつうの人間ではありません」

そこで千手は一度言葉を止めると、じっと明日香を見た。

「シバさんは元狛犬《こまいぬ》、そして僕はなりそこないの元神仏《しんぶつ》なんです」

他の人が同じことを言えば、きっと明日香は信じなかっただろう。

しかし千手がくだらない冗談やうそを言う人だとは思えない。

さらに、勝手に自分の手が動くことを明日香は経験している。

そこにシバさんが話しているところを実際に見聞きしているとなれば、もう信じるしかない。

「それって、つまり……元神様ってことですか？」

「正確には神様とは少しちがいますけど、そのほうがわかりやすいと思うので、元神様だと思ってもらって大丈夫ですよ」

「狛犬に、神様……」

大丈夫だと千手は軽く言ってのけるが、ただの人間でしかない明日香にとっては、なにひとつ大丈夫ではない。

「その、元神様がなんで、ここでネイルサロンをしてるんですか？」

「いろいろあって……僕は神様になることをやめたんですよ。シバさんはそんな僕についてきてくれて……それで店を開くことにしたんです」

やめたということは、千手が自分の意志で選んだということだ。

なにがあったのか気にならないと言えばうそになる。

しかし千手がはっきりと言わなかったことをわざわざつつくようなことはしたくなかった。

「だからあの時、勝手に手が動き出したんや……」

思わずこぼした言葉に千手は言った。

「それについてはそうとも言えますし、ちがうとも言えます。僕は神様をやめる時に、力をぜんぶ失ったはずだったんです。ですが、どういうわけか、ほんの少しだけ力が残っていて」

そう話しながら千手はどこか難しそうな、納得のいかないような顔をしていた。

「じゃあ、やっぱりあれは千手さんの力のおかげやないんですか？」

千手は首を横に振った。

「いえ、勝手に人の手を動かせるような力は僕にはありません。せいぜいできたとしても、少しだけ背中を押したり、なんらかのきっかけを作ったりするくらいのものです。だから最後に相談すると決めたのも明日香さん自身だったでしょう？」

「それは、そうですけど……」

「相談すると決めたのは、まちがいなく明日香さん自身ですよ。僕はあくまでもきっかけを作っただけにすぎません。それに僕は誰かを助けられる力はありませんから」

「えっ？」

最後の言葉が引っかかったが、そんな明日香を安心させるように、千手は優しく笑いかけた。

「とても信じられない話ばかりだとは思いますけど、ここはそういうお店です。今の僕の話を聞いて、もしも嫌だと思うのであれば働く話は断ってもらっても大丈夫なので」

「嫌やないです！　私、このお店で働きたいです！」

驚きはしたものの明日香の答えはすでに決まっている。

その答えが揺《ゆ》らぐことはなかった。

「こんな神様のなりそこないが店長ですけど、大丈夫ですか？」

「はい、元上司、いえ……クソ野郎よりも断然いいです！」

明日香から返ってきた言葉に千手は少し驚いたようだった。

「千手さんの話を聞いてびっくりしいひんかったって言えば、うそになりますけど……でも、せっかくできたこの縁を私も大事にしたいって、そう思うんです」

自分で言ったことなのに恥ずかしくなってしまった明日香はシバさんに目を向けた。

「それにシバさんも可愛いし。こどもの頃、犬と話してみたいなって思ってて」

明日香の言葉にシバさんは嬉しそうにしっぽを振った。

「明日香に可愛いと言われて悪い気はしないぞ！」

あまりにしっぽを振る勢いがよすぎるせいで、しっぽだけどこかへ飛んでいってしまいそうだ。

「それにシバさんも嬉しいんだぞ。シバさんの話し相手がずっと千手しかいなくて退屈《たいくつ》だったんだからな！」

「えっ、シバさん、ずっと退屈だったんですか？」

驚く千手にシバさんはフンッと鼻を鳴らした。

「退屈だったとも。あと、お前は気づいてないけど、いろいろと大変だったんだからな！　たくさんの人間を見てきたシバさんがいたから、どうにかこれまでやってこれてたんだぞ！　もっとシバさんに感謝してもいいいんじゃないのか！」

「それはなんというか……ありがとうございます。本当に、僕はもっときちんとシバさんに感謝すべきですね。ふかふかの座布団とかいりますか？」

「もうっ！　千手はそういうところが駄目なんだぞっ？」

シバさんはタンタンとその場で地団太《じだんだ》を踏《ふ》むように前足で床を踏みつけた。

「感謝しろと言われたから、感謝したのに……シバさんはずいぶんと難しいことを言いますね」

「お前もいい加減、人間の世にもっと慣れるべきだと思うぞ、シバさんは」

「これでも僕はずいぶん慣れたと思ってるんですが」

「ふふっ……」

微妙にかみ合っているようでかみ合っていないふたりのやりとりを見ていた明日香は、思わず笑ってしまった。

「千手さん、シバさん。改めてよろしくお願いします」

「こちらこそ、よろしくお願いしますね、明日香さん」

やわらかな千手の笑みに明日香の胸が高鳴る。

(早う慣れたらいいな。仕事にも、千手さんの笑顔にも……)

こうして明日香は彩日堂の一員となったのだった。

第2話

紅《べに》

会社を辞めた明日香《あすか》が千手《せんじゅ》の下で働くようになって一週間がたった。

(そやけど、まさか千手さんが元神様で、シバさんが元狛犬《こまいぬ》やなんて……)

一通りの手順を覚えた店内の開店準備をしながら、道具の確認をしている千手を見る。

整った顔立ちや雰囲気はどこか人間離れしているように見えなくもないが、元神様にはどうにも見えない。

正確には神様とはちがうそうだが、いろいろとややこしいらしく、千手が神様のようなものと言っていたため、明日香もそのようにとらえている。

「あの、もしかして、僕になにかおかしいところでもありますか?」

「い、いえ、ごめんなさい。ちょっとぼーっとしてて。なにもおかしいところはないんで大丈夫ですよ」

「そうですか。それならよかったです」

千手は安心したように笑った。

「明日香さんがあまりにもじっと見てくるので、自分で気づかないうちに、またうっかり浮いてしまっていたのかと思いました」

「浮いて……」

(っていうんは物理的に? それとも雰囲気的な意味で? どっち……?)

どちらにしても千手ならばありえそうで、どう応じればいいか戸惑《とまど》っている明日香に千手は笑った。

「ふふっ、冗談ですよ」

「じょ、冗談……？」

「はい。明日香さんが緊張していたようだったので、少しでも緊張がほぐれたらと思いまして」

（冗談やったんや……）

わかりづらいものの、千手なりに明日香のことを気遣ってくれたことは素直に嬉しい。

「そうやって明日香を困らせるものじゃないんだぞ、千手」

そんな言葉とともに店に入ってきたのはTシャツにハーフパンツ姿の十二歳くらいの男の子だ。

「明日香さんの緊張を少しほぐしていただけですよ」

こどもは明日香と千手を見比べると、はぁっとため息をついた。

「お前の冗談は本気なのか冗談なのかわからなくて、シバさんですら時々反応に困るんだからな」

特徴的な丸い眉毛《まゆげ》をぎゅっと寄せた。

シバさんはこうして人間の姿になることができるのだ。

「大丈夫ですよ、シバさん。困ってはいませんから」

「明日香がそう言うなら、いいが……」

「それより、シバさんは開店前に一体どこに行ってたんですか？」

「うっ、そ、それは」

以前はシバさんがお店の手伝いをすることもあったものの、こどもの姿であったため、本来であれば学校に行っているはずのこどもが働かされていると、問題になりかけたことがあったらしい。

そのためシバさんは開店前の準備のみを手伝っているのだが、今日は朝から姿が見えなかった。

「なにもサボっていたわけではないんだぞ。近くの商店街まで買い物に行ってたんじゃや。ほれ」

シバさんが差し出した買い物袋には野菜やお菓子《かし》などが詰まっている。

「おまけしてもらったついでに、このチラシももらえたんだぞ！」

「なるほど、シバさんはそのチラシをもらいに行ってたんですね」

「うぐっ、そう言われるとそうではないとは言えぬ……すまなかった……」

「素直に謝ってくれたので怒りはしませんし怒ってもいませんが、どこかに行くならせめて僕か明日香さんに声をかけてから出かけてくださいね。前にも言ったかと思いますけど」

　素直に反省しているシバさんの頭にぺたりと倒れた耳が見えたような気がして、つい明日香は助け船を出してしまった。

「あの、それって、なんのチラシですか？」

　シバさんがわざわざ朝から商店街に行ってもらいたかったチラシとは、一体どんなものなのかという興味ももちろんあった。

「これじゃ、これ！　京都出身の三人組のアイドルなんだぞ！」

　シバさんが見せてくれたチラシには、三人の男性の写真が掲載されていた。

「……シングズ・シグナル？」

　数日後に開催されるライブの告知チラシのようで、会場は東山《ひがしやま》にあるシアターと書かれていた。

（ここって、何年か前に新しくなったとこや）

　施設の名前にシアターとついてはいるものの、バンドなどのライブやコンサートも開催されており、ライブなどの当日は、シアターの周辺がおそろいのTシャツやグッズを身に着けたファンたちでにぎわっているのを何度か見かけたことがある。

「聞いたことありませんね」

「なんじゃ、ふだんから音楽を聴かない千手は仕方ないとしても、明日香もシングズ・シグナルを知らんのか？」

「はい、名前も初めて知りました」

「シバさんは自由に出歩いたりができない分、テレビや動画サイトをよく見ていて。なので僕以上に今の流行《はや》りのものや、いろいろなことを知ってるんですよ」

「千手があまりにも知らなすぎるだけじゃ。流行りが茶会で止まっていた時は驚いたんだぞ。まあ、今の世もある意味、茶会は流行ってはいるが。和菓子も美しいが、あのスタンドとやらにのった洋菓子もまた美しい」

「なるほど……歴史は繰り返すとは言いますが、それはどうやら本当のようですね」

シバさんの話を聞いていた千手はしみじみといった様子だが、すぐにシバさんから訂正《ていせい》が入った。

「言っておくが、今、流行っている茶会は千手が思っているようなものとはちがうからな」

（もしかして千手さんとシバさんが言ってる「今流行ってる茶会」って、アフタヌーンティーのことなん？）

甘いものが好きなシバさんなら、あのティーセットを実際に前にすれば、きっと目をキラキラと輝《かがや》かせるのだろうなと明日香は思う。

「まあ、茶会はおいといてだ。シングズ・シグナルは京都出身の赤星良治《あかほしりようじ》・青磁《せいじ》友則《とものり》・黄崎翔《きざきしよう》の三人で結成されたバンドなんだぞ。バンド名は三人の名字に信号機の色が入っていることからつけられたんじゃが、動画からじわじわと人気に火がついて、なんと！　地元・京都でのライブが実現したんじゃ！」

「それがシバさんの持って帰ってきたチラシというわけですね」

「そうじゃ。いやぁ、シバさんもたまたま動画を見ていた時に見つけたんじゃが、これがなんともよくてな！　少し粗削《あらけず》りな部分もあるにはあるが、それがまたまっすぐな音になっていて。聴いていて、非常に気分がいいんじゃ」

「シバさんがそこまで言うのは珍《めずら》しいですね」

「そうなんですか？」

「ええ。僕もそうですが、シバさんも仕事柄、いろいろな人間の声を聞いてきたので。とくにシバさんは声や歌には、どちらかと言えばうるさいほうじゃないかなと思います」

「そうじゃな……少なくとも綺麗《きれい》な言葉に邪《よこしま》な思いを平然とのせて、他人をだまくらかすような輩《やから》は、その喉《のど》を噛《か》みちぎってやりたくなるんだぞ」

　こどもの見た目でそう語るシバさんからはいつもの無邪気《むじやき》で愛らしい雰囲気は消

え失せ、くりんとした丸い目が一瞬ギラリと輝いたように見えた。

「……なーんて冗談じゃがな。そもそも、そういうのはシバさんの役割じゃないしな！」

すぐに笑顔を見せたが、シバさんがふつうの犬ではないことを改めて感じさせられた。

「とにかくシングズ・シグナルはいいぞ！　シバさんはとくに、この曲が好きだ」

シバさんはそう言うと、突然歌い始めた。

まっすぐな歌声が店の中に広がり、掃除のために開かれていた引き戸から店の外にまで響いていく。

初めて聴く曲だったが、シバさんが非常に気分がいいと言っていたのがわかる気がする。

気づけば明日香はすっかりシバさんの歌声に聴きほれてしまっていた。

「すごい……！　シバさん、歌うの上手なんですね」

「それほどでもないんだぞ。それに曲がよかったから、余計にそう聴こえただけだ」

そう言いながらも明日香に褒《ほ》められたシバさんは、嬉しそうに顔をほころばせている。

「あ、あのっ！」

店に入ってきたのは三十歳くらいの女性だった。

ダークブラウンに染められた髪は胸元でゆるやかに巻かれて、ふんわりとしたトップスにやわらかな色味のプリーツスカートをはいている。

（綺麗な人……）

意志の強さを感じさせる、キリッとした女性の目は千手を見た。

「さっき歌ってたんて、あなたですか？」

「いえ、僕ではなくシバさんです」

「シバさん？」

「そうだぞ！」

シバさんは自分が歌っていたのだと主張するように手をあげてみせた。

「へぇ、こんな子もシグナーやなんて、なんか嬉しいなぁ」

女性はしゃがんでシバさんに視線を合わすと笑いかけた。

「私もさっきの曲好きで、曲につられて、ついここまで来ちゃったんです」

「なんと！　千手、これでふたりめだぞ！　シバさんの手柄《てがら》じゃないか？」

「そうですね。今回のお客様もシバさんがご縁を引き寄せてくれましたね」

「えっと、あの、ご縁とか、引き寄せてとか……勝手に来ておいてなんですけど、ここってなんのお店なんですか？」

　女性はいぶかしそうに千手を見た。

「あのっ、安心してください！　ここは彩日堂《さいじつどう》っていうネイルサロンなんです。ちちょっと変わったお店ですけど、あやしいお店やないので！」

(お店に来たってことは、この人もなにか悩みや困っていることがあるんや)

　そんな人をそのまま帰してしまいたくない一心で、明日香は必死にあやしいところではないのだと説明した。

「ふふっ、あははっ！　そんな必死に言われたら、なんか逆にあやしいし」

「あっ、す、すみません！　でも、本当にあやしくないんです！」

　同じことのくり返しになってしまうが、千手のことなどを説明できない以上、そう説明して信じてもらうことしかできない。

「あはは……あなたみたいな人が働いてて、あやしくないいて言うんやったら、きっとあやしくないんやろな。悪い人には見えへんし」

「えっと、ありがとうございます……？」

(これは褒めてもらって、信じてもらえたってことでいいんかな？)

　ひとしきり笑い終えた女性は千手に改めて声をかけた。

「ここ、ネイルサロンなんですよね」

「はい。僕が店長兼ネイリストの千手です」

「じゃあ、せっかくやからネイルお願いしてもいいですか？　ちょうどネイル取ったばっかりやし」

「承知しました。では、お客様のお名前をうかがっても？」

「薙原美琴《ちはらみこと》です」

「美琴さんですね。では、こちらへどうぞ」

千手が席に美琴を案内している間に、明日香はタオルなど必要な道具を準備していく。

「お荷物はよかったら、こちらのカゴにどうぞ」

「ありがとうございます。あっ、店員さんの名前は？」

「はい、寿《ことぶき》明日香といいます」

「へぇ〜、縁起のいい名字」

「よく言われます」

美琴が持っている小ぶりなカバンには信号機を模《も》したようなキーホルダーが揺れていた。

「では、まずはネイルをする前に、爪《つめ》のケアからしていきますね」

「お願いします」

美琴はネイルサロンに慣れているのか、とくに緊張する様子もなく、千手に手を任せてリラックスした様子だ。

（このまま、なんにも話さへんのもよくないし……）

シバさんはいつの間にかどこかに行ってしまったようだ。

（そう言えば、さっき言うてはったのって、どういう意味やろ？）

美琴がシバさんに言ったことの中に気になった言葉があったことを思い出した明日香は、その言葉についてたずねてみることにした。

「あの、さっき薙原さんがシバさんに言うてはったシグナーって、どういう意味ですか？」

「ああ、シグナーいうんは、シングズ・シグナルのファンのファンネーム」

「じゃあ、カバンについているそのキーホルダーも、シングズ・シグナルのグッズかなにかですか？」

「これは公式で出てるグッズじゃなくて、雑貨屋で見つけて買ったもので……なんていうか概念的な感じのものになるんかな」

「概念……？」

「そうそう。わかる人だけわかってくれればいいっていうか、自分でこっそりそういうものを持っておいたら、どれだけ疲れた時でも、それを見たら元気になれるし」

「話の途中で失礼します。言ってみれば、お守りのようなものでしょうか？」

「そう、まさにそれ！」

千手の言葉は的を射たようで、美琴は顔を輝かせていた。

「本当に私にとってはお守りみたいなものやし、シングズ・シグナルと出会ってなかったら今の私はいいひんかったから」

「薙原さんにとってはすごく大事で、特別な存在なんですね」

「うん……」

美琴は手を伸ばすとキーホルダーを優しくなでた。

「でしたら、尚《なお》のこと、同じグッズをつけて同じシングズ・シグナル好きな仲間と出会いたいとは、薙原さんは思わないのですか？」

「うーん、どうやろ……そういうんは、あんまり……かな？」

先程とは打って変わって、美琴は言葉を濁《にご》すようになってしまった。

「あ、ほら、いろんな人がいて、この年齢《とし》にもなって推《お》し活《かつ》してるの〜とか言ってくる人もいるし。そういうこと、私はいちいち言われるんが面倒《めんどう》やから」

「推し、活……？」

明日香には美琴の言わんとしていることが理解できたが、千手はまずは推し活という言葉自体がぴんと来ていないようだ。

「その推し活とは、どのようなものなんですか？」

「推し活っていうのは、推しを応援する活動のことです。そもそも推しっていうのは、なんて言うか……好きとか応援したいとか、そう思える存在のことを指す言葉ですね」

つたない説明になってしまったが、千手は明日香の説明でどうにか理解できたようだ。

「なるほど。グッズをつけているのを見ると、偶像崇拝《ぐうぞうすうはい》のようなものですか」

「は、えっ……ぐっ、偶像、崇拝……？」

日常ではあまり聞くことはないであろう言葉に、美琴は戸惑っている。

（なんでそういうところだけ妙に理解が早いんですか、千手さんは？）

やはり千手がかつては崇《あが》められる、言ってみれば推される側にいたからだろうか。

「すみません。千手さん、海外で暮らしていた期間が長かったみたいで、なんというか、まだ慣れていないところもあるみたいで」

「なるほど、言葉の選び方が独特やから、ちょっとびっくりしたけど。面白い人ですね、千手さんって。私、そういう人、嫌いやないです」

「ありがとうございます」

そんな話をしている間に一通りケアが終わり、いよいよネイルに入っていく段階となった。

「説明が遅くなりましたが、うちのお店ではお客様に似合う色やデザインをこちらのほうで選ばせていただいて、ネイルをさせてもらっています」

「へぇ～、面白そう！」

「ありがとうございます。ですが、もちろんお客様のお好きな色やデザインなど希望も聞かせていただきますので、もしもなにか希望があればお聞かせください」

「私の好きな色は……」

美琴はそこで言葉を止めてしまった。

「美琴さん？」

「ごめんなさい、急に黙《だま》り込んじゃって。どんな色にしようかなって迷って」

迷ったと美琴は言うが、明日香には、美琴がなにか言葉を飲み込んだように思えた。

「じゃあ、シンプルな色とデザインのネイルでお願いします」

「え？」

思わず明日香の口からそんな声が漏《も》れてしまった。

「ひどいなあ。もしかして私にはそういう色とかデザインは似合わへんとか思ってるん?」

「いえ、そんなことはないんですけど」

シンプルな色やデザインも美琴には似合うと思う。

しかし明日香にはうまく言えない違和感のようなものがあった。

(なんだろう、この感じ……)

うまく言葉にできず、もやもやしてしまう。

「美琴さんは、本当にそのネイルをしたいと思っているんですか?」

明日香の違和感を、千手は言葉にして美琴にたずねた。

「……それ、どういう意味ですか?」

「今、僕が言ったそのままの意味です。本当にしたいと思っているネイルは、今、美琴さんが希望されたものとはちがうものではないのですか?」

「千手さんって、本当変わった人ですね……」

美琴は肩の力を抜くと、深くため息をついた。

「私、今、三十二歳なんですけど、婚活してる最中なんですよ。それで林《はやし》さん、あっ、結婚相談所の私の担当さんなんですけど、男性受けのいいネイルにするようにって言われてて。だから、そうやって、ちゃんとしなあかんなって思って」

「ちゃんとするというのは、シンプルなネイルにすることなんですか？」

「まあ……そうなるんかな」

困ったように笑いながら答える美琴を千手はじっと見ていた。

「なるほど……ですが、僕はしたくもないネイルをするのが、ちゃんとすることだとは思いません」

「っ……」

千手の言葉に美琴の表情が揺らぐのがわかった。

「あ、あの、千手さん……」

「それよりも好きなネイルをしている自分を好きになってもらうほうが、美琴さんにとってても幸せなことではないのですか？」

「千手さん！」

千手の言うこともわからなくはないが、それがどれだけ難しいことなのかは婚活をしていない明日香にも理解できた。

「っ、なんなん！　こっちの気持ちなんて、なんもわからんくせに！」

勢いよく立ち上がると、美琴はそのまま店をあとにしてしまった。

「……どうして美琴さんは怒ってしまったんでしょうか。僕はなにかまちがったことを言ってしまいましたか？」

千手は自分のなにがいけなかったのか本当に理解できないようで、開いたままになっている引き戸のほうを呆然《ぼうぜん》と見ていた。

「千手さんが言わはったことも、まちがっているとは思いません。でも実際は、なかなかそうはいかなくて……薙原さんもきっとそれはわかっていて。理想と現実のバランスを必死に取っててたんやないかなと思います。だから千手さんの言葉は……」

この先の言葉を伝えるべきなのか。

少し迷いはしたものの、明日香はおもいきって口にした。

「その……薙原さんにとっては、追い打ちのようになってしまったんやないかと、思います」

「追い打ち……」

「もちろん千手さんにそんなつもりがないことも、薙原さんのことを思って言わはったんやってこともわかってます。でも薙原さんは千手さんに初めて会ったばかりやし、多分そういうのはわからへんかったと……」

「そうですか……いえ、そうですね……僕は気づかないうちに、自分のことをわかってくれているシバさんや明日香さんにずいぶんと甘えてしまっていたんですね」

さすがの千手も落ち込んだようだった。

「とにかく私、薙原さんを探してきます！」

「すみません。お願いします……」

明日香は美琴を探すために店をあとにした。

（カバンも店に置いたままだし、近くにいるはずだと思うけど……）

明日香の考えは当たり、交差点の近くに置かれたベンチに美琴は座っていた。

「薙原さん……あの」

「少しだけ、ここにいてもいい？」

明日香の言葉をさえぎるように美琴は言った。

「さすがに店を飛び出してきた手前、すぐに荷物取りに戻るんは気まずいし」

困ったように笑う美琴の隣に明日香は座った。

「その、さっきは千手さんがすみませんでした……」

「ああ、うん。結構ひどいこと言われたやんな、私。必死になって婚活している女性にそういうこと、ふつう言うか？ってね」

店で話していた時よりも美琴の口調は崩《くず》れていて、しかし今の話し方のほうがなんだか美琴らしくて、しっくりきているように明日香には思えた。

「でも、なんて言うんかな……ちょっとドキッとした」

「え?」

思いがけない美琴の言葉に一瞬だが、明日香の胸の奥がぎゅっと苦しくなった。

「ずっと自分で気づかへんようにしてたことを言い当てられたみたいで。図星やったもんやから、私もついカッとなったんやろなって」

美琴はベンチに座ったまま、足をパタパタと揺らした。

低めのヒールがついたパンプスは美琴に似合ってはいるが、なんだか苦しそうに見えた。

「それなりに仕事も楽しいし、私はひとりでも結構楽しくやってたんやけど、両親からの結婚しろコールがやかましくて。それでとりあえず婚活しとけば、その間は静かになるやろ思って、結婚相談所に登録したわけ」

「じゃあ、薙原さんは、本当は結婚したくないんですか?」

「うーん……実際にものすごく結婚したいかって言われたら、正直そこまでは……って感じやけど。いい人と出会えたらいいなって期待も少しはあったし」

真剣に結婚したいと思ってる人に怒られるかもしれないけどねと美琴は笑った。

「それで担当の林さんって人がついてくれたんやけど、アイドルが好きなのは隠しとけとか、服装やネイルは上品にとか、こうしとけああしとけばっかりで。もちろん林さんは私がいい人と出会えるようにって、アドバイスしてくれてるのはわかるんやけどね」

美琴は淡々《たんたん》と話し続ける。

「ただ私が好きなものがことごとく男性受けが微妙みたいで、なんかもうダメ出しの嵐《あらし》みたいなね。就活で落ちまくってた時みたいに、自分はダメなんやないかって思えて」

「その気持ちわかります。私も就活では書類選考の時点でよく落ちてたんで」

「ほんまイヤになるやんな～。履歴書を出して、そこに趣味とかもぜんぶ書いてるもんやから、余計に自分自身のことやったり、これまでやってきたことがぜんぶ否定されてるみたいになってくるし。とりあえず林さんのアドバイス通りにしてはみたけど」

美琴はそういうと自分がはいているスカートを軽くつまみ上げた。

「今みたいなゆるふわな服よりも、本当はカジュアルな服装やポップで派手な色づかいが好きやし」

明日香が美琴に覚えた違和感は、彼女が好きではない服を着ていたせいだったようだ。

「今いる会社は派手な色の髪とかネイルとかもぜんぶOKにはなってるけど、意外とかいろいろ言われるのが面倒くさくて、地味《じみ》で目立たない服着てるけど。ゆるふわな服似合うねって褒められても嬉しくないし、言われるたびに『うっさい、ほっとけ』って心の中では思ってるし。だから推しがいるのも隠してて。だけど仕事でも私生活でも隠してばっかで、もううんざりっていうんもあって」

「それは疲れますよね……」

「ほんっと、そう！　もう疲れるし、自分ってどんなんやったっけ？って、もう自分でもわけわからんようになってきて……」

美琴は肩を落とした。

「それをどうにか我慢して我慢して……って頑張ってたところに、千手さんからスパンと言われたから……単なる八つ当たりやんな、こんなん。かっこ悪いにもほどがあるし……」

「でも、千手さんの言い方もよくなかったし……」

「いいって、いいって。寿さんがそんなふうに謝らんくても。たしかに言い方はあれやったかもしれんけど、おかげでどれだけ自分が無理して我慢してたかもわかったし。そんなんやから、婚活もうまくいくはずないわ～って反省してたとこ」

美琴は吹っ切れたように言うと、腕を上げて、ぐっと伸びをした。

「本当はもっとカジュアルな服着て、派手な色のネイルをしたいし、シングズ・シグナルのファンやって言いたいし、一緒にシングズ・シグナルの曲聴いて、ライブとかにも行けたりしたら最高やし、できたらそんな人に出会いたいって思うんが、そんなに悪いか！」

　突然大きな声を出した美琴に、少し先にいた観光客は驚いた様子だったが、彼女はそんなことはまったく気にしていない。高らかに宣言してみせた美琴はとても自然体に思えた。

「ほら、寿さんも！」

「私ですか？」

「そう、せっかくやし恋バナっぽいことしよ。私、今までこういう話できる人いいひんかったから。寿さんだって、こういう人と出会えたらいいな～とかあるやろ？」

「そうですね……私は……」

　なぜか浮かんできた千手に明日香は顔を赤らめた。

（なんで、どうして千手さんが浮かんでくるの……？）

　そんな明日香を美琴は楽しそうに見ていた。

「へぇ～、その感じやと、寿さんはそんな人ともうすでに出会ってるんや」

「い、いやっ、そういうわけやなくて！」

「いいな～、私も出会いた～い！」

そう言って楽しそうに笑う美琴につられるように、気づけば明日香も笑っていた。


明日香と美琴が店に戻ってきたのは、それからしばらくしてのことだった。

正確には明日香の顔の熱が引くのを美琴に待ってもらっていたのだ。

（あんな顔のままで店に戻れへんし、それに戻れたとしてもまともに千手さんの顔を見れそうにないし……）

店に戻ってきた美琴と千手が気まずくなるのではと心配していた明日香だったが、その心配は杞憂《きゆう》に終わった。

「美琴さん、さっきはすみませんでした。美琴さんの気持ちを考えもせず、ひどいことを」

「いえ、私こそ、八つ当たりしてすみませんでした」

頭を下げる千手に美琴も同じように頭を下げた。

「それで、お願いなんですけど……今からでも、まだネイルってしてもらえますか？」

「もちろんです。どんなネイルがいいか、ぜひ美琴さんの希望を聞かせてください」

「私自身の……」

千手の向かいの席に座った美琴は迷うことなく答えた。

「私……明るくて派手な色のネイルがしたいんです」

「いいですね。明るく溌溂《はつらつ》としている美琴さんにとても似合うと思いますよ。色の希望はありますか？」

「実は数日後にシングズ・シグナルのライブに参戦するんです。なので、三人のメンバーカラーの赤・青・黄色を使ったネイルにしてほしくて」

「赤・青・黄色なら、この色はどうですか？」

千手はいつものようにマニキュアを取りに行くことはせず、あらかじめそばに置いてあった三本のマニキュアのボトルを美琴にすすめた。

「明日香さんが美琴さんを探しに行ったあとに用意してたんです。もしかすると本当に美琴さんがしたいネイルは、こうした色ではないかなと、僕なりに考えてみたものになります……赤は紅《べに》、青は瑠璃紺《るりこん》、黄色は蒲公英《たんぽぽ》色です」

「こんな変わった名前の色があるんや。初めて聞いた」

「うちのお店で使っているマニキュアはすべて和の色の名前がついているんです。こちらの色はいかがですか？」

「イメージも三人に合ってるし、この色でお願いします！　あとデザインなんですけど」

美琴が見せたスマホの画面には、それぞれのイメージカラーの入った白のブレザーに似た衣装に身を包んだ三人が並んで、こちらに向かって笑顔を浮かべながらポーズを決めている写真が映っていた。

「この時の三人の衣装をイメージしたものがよくて」

「わかりました。こちらをイメージしたデザインで進めていきますね」

「お願いします！」

そう話す美琴はキラキラしていて、先程までの美琴以上に素敵に見える。

千手がベースコートを塗《ぬ》っている間に、明日香は美琴にたずねてみた。

「薙原さんがシングズ・シグナルを好きになったきっかけって、なにかあるんですか？」

美琴は懐《なつ》かしそうに話し出した。

「高二の春に京都駅の近くにあるショッピングモールのイベントで、たまたま歌ってるのを見たんやけど、デビューしたばっかりやったからお客さんは全然いいひんし、立ち止まる人もいなくて。それでも最初から最後まで、ずっと真剣に歌ってて」

「それで好きになったんですね」

「ううん。最初はむしろ嫌いやった」

「え？」

「あはは、やっぱりそんな反応になるやんな。でも嫌いやってん。聴いてくれる人なんか誰もいいひんのに、あんなに一生懸命になって、ダサいし馬鹿《ばか》みたいやなって……まあ、これも八つ当たりやったんやけどな」

意外な答えに驚く明日香に美琴は笑った。

「私、ずっとバレーボールやってて。でも、その頃に足を怪我して、バレーができひんくなって、結局部活も辞めることになって……そしたら今までかっこいいとか言うて、応援してくれてた後輩は私に興味なくなったみたいで、翌日にはもうべつのバレー部の部員のことをかっこいいって言うて夢中になってて……同級生は私が部活ばっかかしてる間に化粧とか覚えて、すっかり綺麗になってるし。気づいたら、私だけなんか浮いてて……」

その時のことを思い出したのか。

美琴はさみしそうな表情を見せた。

「三年になって、受験に向けて進路を考えなあかんようになった時に、なんとなくショッピングモールに行ったんやけど、あの三人がまたイベントで歌ってて。相変わらずお客さんなんかいいひんのに全力で歌ってるし、そんな状況なのに楽しそうで……その時に初めてすごいな、かっこいいなって思えて、なんだか勇気をもらって……そこからシングズ・シグナルが私の推しになって」

ベースコートを塗り終えた千手はスマホに映る写真に目を向けた。

「もしかして、この写真はそのイベントの時に撮った写真ですか？」

「うん。イベント終わりに写真を撮れるコーナーがあって。その時に撮ったこの写真を見ると私も頑張らなあかんなって、すごい励まされて。だから私にとって、この時の三人の写真は特別」

「そんなふうに思える存在があるというのは、とても素敵なことですね」

「千手さんは推しとか、応援したくなる人は？」

「ええ。応援したくなる人ならいますよ」

「どんな人？　誰？」

興味津々といった様子で美琴は千手にたずねた。

千手は美琴のために選んだボトルを並べると答えた。

「あなたですよ、美琴さん」

「わ、私っ……？」

「はい。僕にとって応援したい人は、このお店に来てくれたお客様です。そして今の美琴さんの話を聞いて、改めて僕は美琴さんのことを推したいと、そう思いましたから」

「うわぁ……」

千手からの思いがけない言葉が恥ずかしかったのか。

美琴の顔は真っ赤だった。

「かっこいいとか言われたことはあるけど、推しって言われたのは、さすがに初めてなんやけど……というより、ふつうに生活してて、そんなふうに言われることって、まずないし……」

美琴は顔を赤くさせたまま、神妙そうな顔で明日香を見た。

「寿さんもいろいろ大変そうやな」

「え？」

「だって、相手は初めて会った私にこんなこと平気で言える人やろ？　そんなん心配しかないし、こんなこといつも言われてたら、心臓もたへんし！」

「ち、ちがいます！　千手さんはそういう人やないし……！」

「僕がどうかしましたか？」

美琴の爪に色をのせながら、千手はふしぎそうに明日香にたずねた。

「い、いえっ、なんでもありません！」

どうして今そんなことを言うのだろうか。

そんなことを思いながら美琴を見ると、楽しげで、それでいて少し人の悪そうな笑みを浮かべていた。

（薙原さん、もしかしなくても、わざと……？）

からかわれたのだと気づいた明日香から視線をそらすように、美琴は自分の爪に目を向けた。

「わぁっ、すごい！」

両手の人差し指、中指、薬指にはそれぞれ紅・瑠璃紺・蒲公英色が塗られていた。

親指と小指はブレザーのカラーである白色が塗られて、三人のカラーで細かな水玉模様が描かれていた。

「このドット、三人が着ていたシャツの柄の？」

「はい、特徴的な柄だと思ったので、親指と小指に入れてみました」

千手は細い筆を新しいものに持ち替えると、さらに残りの指に黒のネイルで細かな柄を描いていく。

人差し指にはクロスタイ、中指にはアスコットタイ、薬指にはリボンタイと三人がしていたネクタイをイメージした柄を筆で慎重《しんちょう》に描いていく。

最後にストーンとスタッズをのせて、トップコートを塗り、美琴のネイルは完成した。

「美琴さんが希望されていた派手で、写真の三人をイメージしたネイルになります。いかがでしょうか？」

「派手で可愛《かわい》いし、三人のカラーも衣装モチーフも入ってて、でもぱっと見はそういうのわからないし、もう最高に素敵！」

美琴はとても嬉しそうにネイルをずっとながめていた。

「美琴さん、あなたが本当にしたかったネイルをすることはできましたか？」

「はいっ！　私、ずっとこういうネイルがしたかった！」

満面の笑みで答える美琴に明日香も自然と笑顔になった。

「では、最後にネイルオイルを塗りますが、大丈夫ですか？」

「ぜひ！　お願いします」

千手は爪一本一本に丁寧《ていねい》にオイルを塗っていく。

「このオイルはお守りのようなものです。美琴さんの魅力に気づいてくれる素敵な人と出会えるようにと、願いを込めさせてもらいますね」

「……もしかしなくても、千手さんて、すごくモテる人やろ？」

「まさか。僕はそうしたものとは一切縁がなかったもので」

「うそや～、そういうことをさらって言えるのに？　寿さんもそう思うやんな？」

「そうですね……たしかに千手さんはきっとモテるだろうなとは思いますけど」

美琴と明日香の言葉を受けて、千手は少し考えるそぶりを見せた。

「……モテるというのとは、少しちがうかもしれませんが……特定の日になると、たくさんの人がなにかしらの物を持ってきてくれることはありましたね」

（それって……）

「やっぱり、めっちゃモテてるし！」

美琴はバレンタインかなにかのことだと思っているようだが、千手が人ではないと知っている明日香には、そうではないとわかっていた。

（多分やけど、お供《そな》え物とかのことを千手さんは言ってるんやろうな……）

決してうそは言っていないこともあり、盛り上がっている美琴に千手はふしぎそうな顔をしていた。

「明日香さん、僕はモテるということになるんでしょうか？」

「えっと、どうでしょうね……」

問いかけてくる千手に、明日香は答えを濁すのが精一杯だった。

※　　※　　※

「はぁ……めっちゃいい……！」

美琴はベッドの上に寝転がり、手をかざしてネイルをながめていた。

大好きなシングズ・シグナルの三人のカラーにストーンとスタッズがきらめいている。

「もう、ほんまにいい……最高にいい……」

婚活を始めてからは、これまでの美琴からすれば地味な色のネイルばかりだった。

こんな派手な色のネイルをしたのは何年ぶりだろう。

もちろんこれまでのネイルも綺麗ではあったが、自分のテンションが驚くほどちがっているのがわかる。

「……やっぱり好きなものを、ずっと隠し続けるんはイヤやな……」

もちろん好きなものについて話すタイミングを考える必要がある。

もしも結婚してふたりの将来を考えていくのであれば、これまでと同じように好きなものにお金を使うのが難しくなることだってわかっている。

「いっそ、婚活やめたほうがいいんかも……真面目《まじめ》に婚活やってる人にも失礼やし」

時間はかかるだろうが、両親には今のところ結婚する気はないと正直に話すしかない。

「……とりあえず今はライブに向けて準備しな！」

気を取り直した美琴はベッドから起き上がると、ライブの準備に取りかかった。

「三人がずっとやりたいって言ってた地元でのライブなんやし、こっちもしっかり盛り上げる準備していかんと……タオルにTシャツに、ペンラに……あっ、ペンラのボタン電池換えとかな！　さらの電池って、まだ残ってたっけ？……」

棚にあるはずの新しいボタン電池を探しているとスマホの通知音が鳴った。

確認してみると、林さんからのメッセージだった。

「もしかして……」

嫌な予感がしつつもアプリを開いてメッセージを確認してみると、内容は男性と会ってみないかというものだった。

(それは、まあ、いいけど……)

メッセージを読み進めていき、日時を確認した美琴はため息をついた。

「うわぁ……よりによって、ライブ当日やん……」

指定されている時間はライブ前で、時間に余裕はあるものの、ライブのために気持ちを高めておきたい時に男性と会う気にはなれなかった。

これが配信ならば、こちらを優先させようと思える。

しかし今回のライブは三人にとっても、そしてこれまでシングズ・シグナルを応援してきた美琴にとっても特別なライブだ。

またここ最近会った男性から失礼なことを言われるのが続いていたのも、お断りしたいと美琴に思わせた理由のひとつだ。

（すぐに断ったら、前の時みたいに林さんから「なんで？　どうして？　すぐに断らずにせっかくなんだから会ってておきなさい」ってしつこく言われそうやし、ちょっとだけ時間置いてから断ろう）

美琴はスマホをベッドの上に置くと、ペンライトの電池探しを再開することにした。

しかし、あのあといくら探してもペンライトの電池は見つからず、結局は近くのコンビニまで買いに行くはめになってしまった。

「おかしいなぁ、何個かまとめて電池買うてたはずなんやけど」

ふしぎに思うものの、直前になって電池がなくてペンラが点《つ》かないと焦《あせ》るよりはよかったと思うことにした。

「ペンラの電池交換もできたし、持ってくアクスタやカバンも一応やけど選べたし！　あとやらなあかんことは……」

床の上にライブ参戦グッズを並べた美琴は満足していたが、そこでメッセージの返信をまだしていないことを思い出した。

「やばっ、返信するん忘れてた！」

スマホでメッセージを確認した美琴は、身に覚えのないメッセージに思わず声を上げるはめになった。

「はっ？　えっ、待って、なんで勝手にＯＫで返信されてんの？　私、返信なんかしてへんのに？」

（さっき置いた拍子に予測変換から勝手に入力になって送信されたとか？）

そんなことが実際にあるのかどうかはわからないが、それくらいしか考えられない。

「とにかく断らな！」

美琴が断りのメッセージを作成しようとしていると、ちょうど林さんから返信が届いてしまった。

そこには時間の詳細や待ち合わせ場所について書かれていた。

（さすがに、これはもう断れへんやつやん……）

幸いなことに場所はライブ会場の近くにある喫茶店で、ライブに間に合わないという心配はなさそうだ。

（どうせ今回も顔合わせだけで終わりそうやし、仕方ないか……）

「はぁ……とりあえず参戦服は、また一から考え直しや……」

さすがにライブTシャツとジーパンで行くわけにはいかない。

先程までのわくわくしていた気持ちがすっかりしぼんでいくのを感じ、美琴はベッドに背中から倒れ込んだ。

「ネイルは……」

本当ならば、もっと落ち着いた色やデザインのものに変えたほうがいいのだろう。

ネイルだから落とそうと思えば、すぐにでも落とすことができる。

でも……。

「変えたないな、このネイルは……」


そうして楽しみにしていたライブ当日を迎えた。

ライブ会場に向かうのであろうライブTシャツに身を包み、グッズを付けたシグナーたちを横目に、美琴は待ち合わせ場所である喫茶店に向かっていた。

（やっぱり林さんに謝り倒して断ればよかったかも……）

本来の予定であれば、美琴も今頃はライブTシャツにジーパン姿で、三人のイメージカラーが入っているからと奮発して買ったスニーカーを履《は》き、公式グッズのバッグを持って、意気揚々《いきようよう》とライブ会場に向かっていたはずだ。

それなのに今の美琴はブラウスに幅広のズボン、低めのヒールがついたパンプスと、ライブにはあまり似つかわしくない姿で、ライブ会場とは真逆の方向へと向かっている。

今の美琴の心の支えになっているのは、無難な無地の黒いトートバッグにどうにかして詰め込んできたペンライトや公式グッズ、そしてブラウスの下に着込んできたライブTシャツだ。

(小さめのカバンでとか林さんに言われたけど、そんなこと言ってられへんし!)

とにかく今回も顔合わせで終わると仮定すれば、これまでと同じようにせいぜい一時間くらいだろう。それなら物販にもライブにも間に合うはずだ。

(せめてズボンなんだ〜とか、スカートのほうが女性らしくていいのに〜とか、面倒くさいこと言わへん人であってほしい……)

そんな願いを込めながら、待ち合わせ場所の喫茶店についた美琴はドアを開いた。

すぐにやってきた店員に待ち合わせであることを伝えると、慣れた様子で一番奥のテーブル席へと案内してくれた。

すでに席には男性の姿があった。

そんなに年齢が離れてはおらず、おだやかそうな雰囲気の男性に美琴は安堵《あんど》した。

「お待たせしてすみません」

「いえ、大丈夫ですよ」

席に着くと店員がグラスに入った水を持ってやってくる。

「あの、お……僕も注文まだなんですけど、なににしますか？」

「あっ、じゃあ……」

美琴はテーブルに置かれたメニューを開き、一通りながめた。

「アイスコーヒーで」

「わかりました」

男性は美琴が来るまで注文するのを待ってくれていたようで、美琴と同じアイスコーヒーを選ぶと、店員を呼び、ふたつ注文してくれた。

「今日はありがとうございます。姫野《ひめの》です」

「薙原美琴です」

無難に自己紹介を終えると、ちょうどアイスコーヒーがふたつテーブルに運ばれてきた。

そこからはいつもと同じ決まり切った年齢は、ご職業は、といったやりとりが始まった。

　姫野は二十八歳でサラリーマンをしているそうで、友達に誘われる形で結婚相談所に登録をしたものの、その友達は成婚して、さっさと退会してしまったと話していた。

「そうやったんですね」

「はい。僕もいい人と出会えたらいいなとは思ってるんですが、なかなか難しいですね」

　困ったように姫野は笑った。

（てことは、私も姫野さんにとっては、結婚を考えられるいい人やないってことか）

　ついそんな皮肉めいたことを考えてしまうのは、これまでに会った人からお断りをされ続けているからだろう。

　見た目をどうにかして取り繕ってみたところで、本来の美琴の内面がにじみ出てしまっているのかもしれない。

「……あの、薙原さんに聞いてもいいですか？」

「はい」

「なにか好きなことってありますか？」

「好きなことですか……ええと……」

(待って、趣味とかじゃなくて、好きなこと?)

話題のひとつとして趣味を聞かれたことはこれまでにもあったが、好きなことについて聞かれたのはこれが初めてだ。

想定していなかった質問に、どう答えればいいのかと美琴は言葉を詰まらせてしまう。

(どうしよ、さすがにシングズ・シグナルとは言いづらいし……)

しかし適当に当たり障りのないものを答えようにも焦っているせいもあって、ぱっと頭に浮かんでくるのはシングズ・シグナルだけだ。

(いや、好きやけど! それを言うんは今やなくて! 他にも好きなことあるはずやのに!)

そんな美琴の困惑《こんわく》が伝わったのか。

「すみません。いきなりプライベートに関わることを聞いて困らせてしまったみたいで……」

「あっ、いえ、そんなことは」

あわてて取り繕おうとする美琴だったが、姫野はそれ以上、その話題について広げようとはしなかった。

「もしかして今日、他に予定があったんやないですか？」

「えっ？　あの、どうしてそれを？」

「もうひとつべつに荷物を持たれていたので。もしかすると、このあとにでも予定があるんかなと思って」

「ま、まぁ……予定があるにはありますけど……」

さすがにごまかすことはできないと、美琴は正直に予定があることを伝えた。

すると姫野は伝票を手にした。

「そういうことやったら、少し早いですけど、もう出ましょうか」

「あっ、でも、まだ時間大丈夫なんで」

「気にしないでください。すみません、予定があるのに時間をさいてもらう形になってしまって」

「いえ……」

そのまま喫茶店を出て、店の前で挨拶《あいさつ》をして姫野とは別れることになった。

「終わった……」

（はは、今回もどうせダメなんやろな……最初からわかってはいたけど……）

あんなにも会うのが憂鬱《ゆううつ》で早く終わらないかなとさえ思っていたはずなのに、実際にこうして早く終わってしまえば、それはそれでショックを受けてしまうあたり、どうしようもなく面倒な人間だと自分でも思う。

「まあ、もう終わったものは仕方ないし……行こか、シングズ・シグナルのライブに！」

（今日の本命は、もともと、こっちゃし！）

会場に近づくにつれてシグナーたちも増えていき、中には美琴と同じようにシャツの下にライブTシャツを着込んでいて、シャツを脱《ぬ》いでいる人もいた。

美琴もライブTシャツになると、一気にテンションが上がってくる。

（本当楽しみすぎる！）

座席は当日までわからない形になっていて、それも楽しみのひとつであった。

（後ろのほうの席はふつうやったらイヤだけど、三人は後ろの席まで来てくれるし）

三人とも好きだが、中でも美琴が一番好きで推しでもある赤星良治は、自身がアイドルオタクということもあって「自分たちのライブでは後ろの席がはずれだなんて思ってほしくない！」と、後ろのほうの席にもわざわざファンサをしに行くなど、どの席でもファンのみんなが楽しめるようにいろいろと工夫してくれているのだ。

ドキドキしながら入場を終えた美琴は席番号を見てみた。

「うそ……最前当たった……？」

（それも、これ、ど真ん中の席……！）

まるですべての運をこの一瞬で使い果たしたような気がした。

むしろ今までの嫌なことは、今日のこの席のために、運をためていただけではないのかとさえ思った。

ワクワクしながら席へ向かうと、思っていた以上のステージとの近さに内心ひどく興奮して仕方なかった。

（こんな近くなんて、本当に初めて……）

「……やばい、泣きそうなんやけど……」

ずっと「地元の大きな会場でライブがしたい」と言っていた三人が、その目標を叶えて、今日ここでライブをする。

そんな特別なライブをすぐ目の前で、こんな近くで見ることができる。

そう思うと感極まって涙が出そうになった。

（いや、でも、ここで泣くとかヤバいし……）

そんなことを思っていると隣の席に男性がやってきた。

（男性のシグナーさんって珍しいな）

今まで何度かライブに行っているが、こうして男性ファンが隣の席になるのは初めてだ。

シグナーに男性は少なくはないものの、ライブでは女性のほうが多く、男性はあまり見かけることがない。

美琴はカバンからペンラを取るふりをして、隣を見てみた。

「えっ……」

「あ……」

目が合った瞬間、美琴は固まることしかできなかった。

隣の席にいたのは先程まで喫茶店で会っていた姫野だったからだ。

これまでシグナーであることは誰にも言ったことがなく、周囲の人にもバレたことはない。いっそのこと他人の空似かなにかでごまかされてくれないだろうか。

（ど、どうしよう……）

「……薙原さん……?」

そんな願いもむなしく、姫野から名前を呼ばれてしまった美琴はとっさにカバンをつかんで席をあとにした。

「ま、待ってくださいっ……」

後ろから姫野の声がするが、それを無視して出口に急いだ。

（どうしよ、いろいろと最悪すぎる……）

シグナーであるとバレたこともだが、顔合わせよりもライブのほうを優先していたことも知られてしまった。

いくら今日の顔合わせに乗り気でなかったとしても、これがあまりに失礼なことくらいは美琴もわかっていた。

本当ならば顔合わせの歳、ライブの荷物はコインロッカーに預けていくつもりだったが、今日にかぎって穴場のコインロッカーまですべて埋《う》まっていたせいで、そのまま荷物を持っていくしかなかった。

（謝らなあかんけど、そもそもどう謝れば……）

本当は断るつもりだったけど、なぜかＯＫの返事が送信済みになっていたから来ました、なんて言えるわけがない。

それにどう謝ったところで、姫野に対して失礼なことにしかならない。

（でも、いつまでも逃げてるわけには……）

そうは思うものの、美琴のほうから逃げ出してしまった手前、止まることができずにいた。

「ま、待ってくださ……うわっ？」

「えっ、なにっ？」

振り向いてみると、姫野は地面に倒れ込んでいた。

美琴はあわてて姫野の元に駆《か》け寄った。

「うそっ、大丈夫っ？」

美琴の言葉に姫野はゆっくりと顔を上げた。

喫茶店でも目を合わせて話をしていたはずだったが、今、初めて目が合ったように感じた。

先程の顔合わせでは気を張っていたせいもあるのかもしれないが、今の姫野のほうがさらにおだやかで、美琴も自然と身体の力が抜けるような気がした。

「ケガは？」

「大丈夫です。それよりすみません、急に追いかけたりして……」

「今はそんなことといいんで」

姫野が追いかけてきたのも、もとはといえば美琴が逃げてしまったせいだ。

美琴はカバンの中から小さなタオルハンカチを取り出すと、姫野に差し出した。

「よかったら、これ使ってください」

「ありがとうございます……」

ハンカチを受け取ってはくれたものの、汚してしまうと気を遣ってなのか。

姫野がハンカチを使う様子はない。

「すみません。いきなり転んで驚かせてしまって」

しかし、なにもないところで、なぜ急に転んでしまったのか。
ふしぎに思った美琴は姫野の足元を見てみると、右側の靴がなくなっていた。
(そのせいで転んだんや……)
あたりを見回してみると、姫野から少し離れたところに靴が転がっていた。
(……あった!)
靴を拾い上げようと手を伸ばすと、あわてた姫野の声が聞こえてきた。
「い、いいですよ、置いといてもらえたら! 靴を拾わせるなんて申し訳ないです
し!」
「大丈夫ですよ、そんなん気にしんといてください」
美琴はひょいと靴を拾い上げると、姫野の足元に置いた。
「ありがとうございます……」
靴を拾ってもらったことを申し訳なく思っているのか。
姫野は気まずそうだった。
「この靴、黄崎くんがよく履いてたやつですよね?」
「そうなんですよ! 黄崎さん、めちゃくちゃ似合ってましたよね。かっこよくて
いいなと思って買ってみたんですけど、ここぞっていう大事な時に履こうて思って
たら、なかなか履けへんくて」

（姫野さんって、こんなに楽しそうに話す人なんだ）

そんなことを思いながら話を聞いていた美琴に気づいた姫野は、ハッとしたように話すことをやめてしまった。その表情はしまったと、美琴に自分の話をしたことを後悔しているようにも見えた。

「ちがうんです、俺、本当に好きで、推しで。尊敬してるというか、あんなふうになれたらなって……もちろん曲も好きで、歌おうと思ったら歌えます、下手ですけど」

必死に話す姫野の気持ちが美琴には理解できた。

好きだと言うことで、自分がどんなふうに思われてしまうのか不安で。

でも自分が好きなものなのに「好き」とはっきり言えないことが、自分の好きなものをまるで否定してしまっているようでもあって申し訳なくて。

そこで美琴はあるものに気づいた。

（そうか、姫野さんも私と同じやったんだ……）

「わかってますよ。姫野さんはほんまに好きなんやなって。だって、それ」

「……それ？」

美琴は姫野の右足の靴下を指差した。

なぜか爪先は大きく破れ、そこからはネイルが顔をのぞかせていた。

「いや、これは、その……」

あたふたと戸惑う姫野の前に、美琴はしゃがみこんだ。

「推しネイルですよね？」

「え……？」

「私のネイルも実はそうで……ほら！」

美琴はネイルを見せるように、姫野に向かって手を差し出した。

姫野は少し驚いていたが、美琴のネイルをじっと見つめた。

「すごい……ファーストシングルの衣装みたいですね」

「わかります？　ファーストシングルのイメージでってお願いして。あの曲、本当に大好きで、そこからずっと推してて」

わかってもらえたことが嬉しくて、つい饒舌《じょうぜつ》になってしまった。

「そんなふうに話す人やったんですね、薙原さん」

姫野の口からこぼれた言葉に、美琴はハッとした。

このせいで先方から断られたこともあるというのに、また同じことをしてしまった。

「すみません。婚活するんやったら推しのこととか、そういうのは隠したほうがいいって言われて。それで男性が好きそうな服着て、印象よさそうにして……」

話しているうちに、美琴は申し訳なさでいっぱいになっていた。

「でも、今の私があるのはシングズ・シグナルのおかげもあって、そんな自分を隠してることにずっとモヤモヤして……なんかだますようで本当にすみません」

美琴は頭を下げた。

「頭を上げてください！　俺はだまされたなんて思ってないんで」

おそるおそる頭を上げた美琴に、姫野は言った。

「それにそういうなら、俺だってそうです。頼りになる人って見てもらえるように頑張れば頑張るほど、うまくいかないし。靴だって脱げるし転ぶしで。好きなものを好きって言うのすらできなくて、隠すように足にネイルするんが精一杯で……自分の気持ちに正直になれる薙原さんがうらやましいです」

「うらやましいなんて初めて言われました。私、つい熱く語りすぎて、友達にひかれちゃうこともあるくらいやから」

「素敵なことじゃないですか。俺は推しのことどころか、自分の意見もなかなか主張できなくて。そのせいで頼りないとか友達ならいいとか言われて、ずっとふられっぱなしで……っ、すみません、いきなり元カノの話とか自分語りとか」

そこまで話して姫野はひどく後悔した表情を浮かべた。

（元カノの話をするのは、う～んやけど……でも正直で、悪い人ではないんやろう

な）

だからこそ聞いてみたいと、美琴は思った。

「……なんでですか？」

「へっ？」

そんなことを言われるとは思っていなかったのか。

姫野からは間の抜けた声が聞こえてきた。

「ふだんはそういうことを話さへん姫野さんが、なんで私には推しのこととか、いろいろ話してくれはったんですか？」

「それは……」

姫野はしばらくなにも言わなかったが、やがてなにかを決めたように美琴を見た。

「――好きだって。きちんと主張して伝えるべきやと、そう思ったからです」

美琴の目の前で、姫野は姿勢を正した。

「薙原さんと推しが同じだったからいうんもあります。けど、俺はずっと一緒にいる人なら、お互いに好きなものや嫌いなものを知っていきたいし、肩肘《かたひじ》張らずに過ごしたいです。その、綺麗事かもしれないですけど……」

「それは……綺麗事ですね」

美琴の言葉に、振られたのかとショックを受けたような表情になった姫野に、美琴はあわてて言葉を続けた。

「って、言われてたんです」

「え?」

「姫野さんと同じようなことを言うたびに、友達や林さんから……だから、こうして好きでもない服を着て、髪も長くして。どこの誰かもわからん、出会えるのかもわからへん恋人に合わせて……」

自分と同じようなことを思ってくれる人なんかいないと思っていた。

けれど、美琴自身が本当に思っていることを話そうとせずに取り繕っていれば、たとえ同じようなことを思ってくれている人がいたとしても、出会えるはずがなかったのだ。

「だから、私と同じように思ってくれてる人がいたことが、私、すごく嬉しいんです。綺麗事とか非現実的なものやなくて、現実にちゃんといたんやなって」

「……そんなこと、推しが歌ってましたね」

「現実にだって　綺麗なことは転がっている　君の足元　行く先だって　きっと」

ふたりは意図せずに、同時にひとつのフレーズを歌った。

互いの言葉があまりにも綺麗に重なり、つい吹き出してしまった。

「って、そうだ、ライブ！　すみません、くだらないことを長々と」

「くだらなくなんてないですよ。姫野さん、言ってたやないですか。お互いに好きなものや嫌いなものを知っていきたいって」

「それって……」

「早くいきましょう、姫野さん。ライブ始まっちゃいますよ！」

（もしかしなくても、今、かなり恥ずかしいことを言った気がする……）

赤くなってしまった顔を見られるのが恥ずかしくて、美琴は背を向けて歩き出したが、姫野に呼び止められた。

「あのっ！」

「はい？」

振り返ってみると、姫野は顔を真っ赤にして美琴を見ていた。

「ライブ終わりに、改めて薙原さんに聞いてほしいことがあるんです！　聞いてもらえますか？」

「はっ、はい！」

ライブはこれからだというのに、お互いライブ終わりのように身体も顔も熱くてたまらない。

（どうしよ……ライブ終わりまでいろいろともつんかな、これ……）

※　　※　　※

その後、美琴は姫野と付き合うことになった。

ふたりで、世話になっている林さんの元に、付き合うことになったと挨拶に行くと、林さんは美琴と姫野の変化にひどく驚いた様子だった。

（まあ、林さんが驚くのも無理ないか……）

姫野はともかく、美琴の変化はあまりにも大きかった。

婚活を始めてから伸ばしていた髪をばっさり切ってショートヘアーにして、身に着けているのは大ぶりなアクセサリーに強めな化粧。爪には派手な色のネイルが塗られている。

一体なにがどうしてそうなったのだと唖然《あぜん》としている林さんに、美琴と姫野は、ふたりが付き合うきっかけがお互いの好きなものであったこと、お互いに本当の自分をさらけ出すことができたからこそ、お付き合いするに至ったのだと話した。

「そうですか……カップル成立おめでとうございます」

ふたりの話を聞き終えた林さんはさみしそうにつぶやいた。

「私の考え方ややり方は、もう今となってはずいぶんと古くさいものになってしまったんですねぇ……」

林さんの机を見ると、これまで成婚に導いたのであろうカップルたちの写真や、こどもが生まれたという報告のハガキや感謝の手紙が何枚も飾《かざ》られていた。

林さんは林さんで、いいご縁をと必死に動いてくれて、今まで結んできた縁も、たしかにあったのだと改めて思った。

「あの……俺たちは林さんのことや、林さんがこれまでされてきたことを決して否定したいわけじゃないんです」

姫野の言葉に美琴もうなずいた。

「正直、林さんのアドバイスがしんどいなって思う時もありましたけど。でも姫野さんに出会えたのは、林さんのおかげでもあって……なので、これからもいろいろと相談させてもらってもいいですか？」

お願いしますと頭を下げた美琴と姫野を林さんは驚いたように見ていたが、すぐにこれまでの調子を取り戻した。

「結婚するまでが、いろいろと大変なんですよ。私からすれば、まだまだあなたたちは若い。それに成婚までしっかりと見届けるのが、私の仕事ですからね」

これまでは憂鬱に思ってしまう時もあった林さんの言葉が、今の美琴にとってはひどく頼もしいものに聞こえた。

「あと、薙原さん！」

「はっ、はい」

「あなた……」

一体なにを言われてしまうのだろうか。

ドキドキしている美琴をじっと見ながら林さんは口を開いた。

「今のメイクと髪型のほうが、あなたにはよう似合《にお》うてるわ」

今まで一度も言われたことのない言葉に驚く美琴を見て、林さんは笑っていた。

「……っ、ありがとうございます」

「でも、相手のところにご挨拶に行く時にその化粧や服装でいいかは、またべつです。そのあたりは礼儀として、きっちりと言わせてもらいますからね」

「はいっ、お願いします！」

美琴は明るい笑顔で答えた。

第3話

中《ちゅう》黄《き》

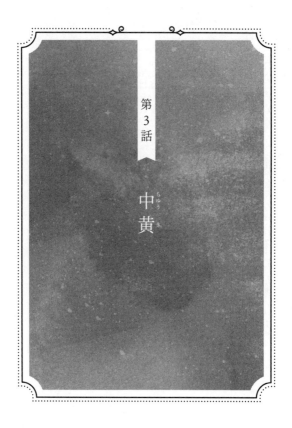

「これでぜんぶだな！」

「はい、ありがとうございます。シバさんが買い物に付き合ってくれたおかげで助かりました」

その日、明日香《あすか》はシバさんと一緒に近くにある商店街に買い物に来ていた。

今は店へ帰る途中で、明日香とシバさんの手には買い物袋がそれぞれ揺《ゆ》れている。

「お礼を言うのはシバさんのほうだぞ！　千手《せんじゅ》はいまだに買い物が下手というかなんと言えばいいのか……一度買い物に出てしまえば、半日は帰ってこれなくてな」

「千手さん、半日も買い物に行かはるんですか？」

たしかにのんびりと買い物をしそうなイメージはあるが、半日はいくらなんでも長すぎるような気がする。

「いや、買い物自体は、さほど問題ないんじゃが……」

シバさんは難しそうな顔をした。

「なら、なにが問題なんですか？」

「気づけば買い物客、とくにお年寄りに囲まれ、なぜかいろいろな相談事をされて。そのお礼にと、いろいろな物を持たされることが多くてな」

「それはなんと言えばいいか、大変そうですね……」

たまにならいいものの、それが毎回となると大変だろう。

「まったくじゃ。真夏にでかい魚を丸々一匹もらって帰ってきた時はどうしようかと思ったんだぞ。シバさんが必死に簡単レシピをネットで調べたり、レシピを教えてほしいと呼びかけて教えてもらったおかげで、どうにか食べきったものの……しばらくは魚の夢ばかり見たんだぞ……」

その時のことを思い出したのか。

シバさんは丸い眉《まゆ》をひそめていた。

「シバさんも商店街のお店の人たちから、いろいろとオマケしてもらってましたね」

商店街を歩くたびにシバさんはいろいろな店の人から気さくに声をかけられて、買い物をした時にはオマケをしてもらうことも多かった。

「ありがたいことにな。それに、もともとシバさんや千手はお供《そな》え物をもらう立場だったからというのもあるのかもしれないんだぞ」

時々忘れてしまうことがあるが、千手は元神様で、隣にいるシバさんは元狛犬《こまいぬ》と、ふたりとも人間ではないのだ。

「さっきシバさんが話していた、いろいろな人の話を聞いているせいで千手さんの買い物が長いというのも、そのことが関係しているからですか？」

「おそらくそうなんだぞ……ただ……」

「ただ？」

「千手は神様をやめると決めて人間界に降りる際に、力をぜんぶ失ったはずなんじゃが、どういうことなんだ？」

「千手さんは力を持っている、持っていないに関係なく、話しやすい雰囲気がありますし。もしかすると、話しやすそうやからと声をかけられているのかもしれませんね」

実際に、明日香も初めて会った千手にあれだけいろいろと自分のことを話せたのは、千手の、話をしやすいおだやかで優しい雰囲気のおかげでもあった。

そんな千手の雰囲気に、つい話を聞いてもらいたくなるのはわかるような気がした。

「うむ……」

そんなことを話しながら店へ続く門の前に差しかかると、シバさんの顔つきが険《けわ》しいものへと変わった。

「……シバさん？」

「どうしてだ」

「え？」

「どうして、あいつがここにおる……！」

シバさんはギッと門をにらみつけ、犬のうなり声を上げる。

「あいつって、っ！」

建物の間にある細い道を通って門から出てきた誰かと、明日香はぶつかってしまった。

門から出てきたのは、こどもだった。

五歳くらいだろうか。

白の道着《どうぎ》に紺《こん》色の袴《はかま》をはいて、背中には竹刀《しない》の入った袋を背負っている。

足元の下駄《げた》の音がカランと響いた。

（シバさんが警戒していたのは、この子……？）

店から出てきたということは、この子も千手にネイルをしてもらったのだろうか。

そう思い、こどもの手を見てみるが、爪《つめ》にはなんの色も塗《ぬ》られてはいなかった。

（もしかしてお客様じゃなくて、千手さんかシバさんの知り合い？）

そのこどもは明日香を見やると、すぐに視線をそらしてそのまま去っていった。

「明日香、大丈夫か？」

「はい。あの、さっきの子はシバさんか千手さんの知り合いですか？」

「シバさんはあいつが嫌いなんだぞ……」

シバさんが珍《めずら》しく不機嫌《ふきげん》そうな顔を見せたこともあり、あの子は一体なんなのか、くわしく聞くことができないまま、明日香はシバさんと一緒に店へと戻った。

「戻りました」

「お帰りなさい」

「おい、千手、どういうことだ」

シバさんは荷物を置くが早いか、千手に詰め寄った。

「どうしてあいつがここに来る？　一体、なんの用だったんじゃ？」

「シバさんもお帰りなさい。それが僕にもわからなくて……多分、いつものじゃないですか」

いつになくピリピリとした雰囲気をまとっているシバさんに対して、千手はいつものようにおだやかに答える。

そんな千手をしばらく見ていたシバさんだったが、やがて諦《あきら》めたようにため息をついた。

「千手がそんな態度だから、あいつがああなんだぞ？」

「そうですかね？　きっと僕がどんな態度であったとしても、変わらないと思いますが」

心配するシバさんとは裏腹に、千手はどこかのんびりとした様子だった。

「嫌なら結界を強化して、あいつが店に入ってこれないようにもできるが……どうする？」

「ありがとうございます。でも、そこまではいいですよ。どうせ、そうしたところであの手この手で店に入ってくるでしょうから。わざわざ何度もやり直すのはシバさんも面倒《めんどう》でしょう」

「面倒などではないが、千手がそう言うのであれば仕方ないんだぞ」

シバさんがそう答えた直後、リン……と鈴《すず》の音があたりに響いた。

「どうせ来るたびに、どこかしら壊《こわ》していくんだからな。修復のついでに少しだけ強化しておいた」

「ありがとうございます、シバさん。いつもすみませんね」

お礼を言う千手にシバさんは呆《あき》れたような目を向けた。

「……あいつのことは嫌いじゃが、ここまで来ると少し不憫《ふびん》にも思えてくるんだぞ」

「不憫？　なんのことですか？」

「いや、なんでもないんだぞ。シバさんは少し休む」

シバさんは犬に姿を変えると、そのまま店の奥へと消えていった。

ふたりのやりとりを、明日香はただ聞いていることしかできなかった。

「すみませんね、明日香さん。いつも買い物を任せてしまって」

「いえっ、シバさんから千手さんが買い物に行くのが大変だって聞きました。大丈夫ですよ。それにシバさんと一緒に商店街を回るんは楽しいですから！」

千手に伝えたのは本当のことで、これまで商店街にあまり足を運ぶことがなかった明日香にとって、シバさんと商店街で買い物をするのは楽しみのひとつにもなっていた。

「シバさんは本当に人間から好かれやすいですからね。シバさんは僕の買い物が大変だと言いますけど、シバさんと一緒の買い物だって、それなりに大変なんですよ」

「どうしてですか？」

「商店街を出る頃にはオマケで荷物がひとつ増えている、なんてことがよくあるので。ありがたいことなんですけどね。だからシバさんと買い物に行く時は余分に袋を持っていかないといけなくて」

シバさんがよくオマケしてもらうことを千手も知っているようで、楽しそうに話していた。

（今なら聞いてみても大丈夫かな……）

明日香は千手に先程のことを話すことにした。

「あの、さっき、門のところで男の子と会ったんですけど、あの子は千手さんやシバさんの知り合いなんですか？」

「えぇ、まぁ、知り合いと言いますか。昔、ちょっとした縁がありまして……」

千手から返ってきたのはどこか歯切れの悪い答えだった。

それ以上、千手はあのこどものことについてはなにも語ろうとせず、明日香もあのこどもについて千手に聞くことはできなかった。

（私、千手さんのこと、なんも知らん……）

明日香が千手について知っていることと言えば、千手が元神様で、今はこの店でネイリストをしていることくらいだ。

なにがあって、神様をやめようと思ったのかも知らない。

（でも、私はただのスタッフやし……）

もしもこれが恋人だったら、また話はちがっていたのかもしれない。

（っ、恋人やなんて、なんでそんな考えになるん……？）

あまりに自然に出てきた言葉に、明日香はひどく動揺《どうよう》してしまった。

この前店にやってきた美琴《みこと》に「こういう人と出会えたらいいなと思うような人はいないのか」と言われたせいだ。

あの時もなぜか一番に千手が頭に浮かんできた。

（きっと自分のまわりにいる男の人が、千手さんくらいしかいいひんせいや）

だから自然と一番に千手が浮かんできてしまうのだと、必死に自分にそう言い聞かせた。

「明日香さん、大丈夫ですか？　顔が赤いようですが」

「だ、大丈夫です……！」

「もしかすると熱があるんじゃ……失礼しますね」

千手はそっと明日香の額《ひたい》に手のひらを当ててきた。

熱がないかをたしかめるためのものだとわかっていても、ふいに近くなった距離と額から伝わってくる千手の体温に、明日香はただその場で立っているのがやっとだった。

「うーん……少し熱いように感じますね。今日は無理せずに、休んだほうがいいのでは」

「ほっ、本当に大丈夫ですから！」

まさか顔に出ていたとは思わず、明日香が戸惑《とまど》っていると、かろやかに引き戸が開く音が店内に響いた。

「いっ、いらっしゃいませ！」

（助かった……）

明日香はほっとしながら千手から離れると入口へ向かった。

店にやってきたのはスーツ姿の二十代後半の男性で、入口に立ったままで珍しそうに店内を見回していた。

「あの、このお店は一体……？」

「ネイルサロンになります」

「ネイルサロン、ですか……」

男性は一瞬驚いたように目を見開いたが、すぐに目を伏《ふ》せてしまった。

「すみません、俺、てっきりカフェやと思って……その、まちがえました！」

そう言うと男性はあわてて店をあとにしてしまった。

「帰ってしまいましたか」

「はい……私の声のかけ方が悪かったんかもしれません」

（私が声をかけたせいで、逆に入りづらくなったんかも……）

むしろ声をかけないほうがよかったのではないかと思ってしまう。

「明日香さんが落ち込むことはありませんよ」

「でも……」

「うちのお店には縁のある人しか来ることができません。縁にはタイミングも大切になってきます」

「タイミングですか？」

「はい。つまり、あの男性が店に来るべきタイミングは、今ではなかった……だから気にしなくて大丈夫です」

千手はとくにあわてる様子もなく、落ち着いていた。

「それにあのお客様はきっと近いうちに、またお店に来るはずですから」

千手の言葉には確信めいたものがこもっていた。


そんな千手の言葉の通り、その翌日、男性客は再び店にやってきた。

「こ、こんにちは……」

控《ひか》えめに引き戸を開くと、男性は申し訳なさそうな顔をしながら店内に入ってきた。

「昨日の……」

「はい……あの、昨日は本当にすみませんでした。突然おじゃましまして、せっかく声をかけてもらったのに、そのまま帰ってしまうやなんて、失礼なことをしてしまって……」

「気にしないでください。こうしてまたお店に足を運んでもらえて嬉しいです。どうぞこちらに」

「ありがとうございます……」

男性客は店の中ほどにやってきて、千手にすすめられて椅子《いす》に座ってからもずっと恐縮した様子だった。

「お客様の名前をうかがってもよろしいでしょうか？　僕は店長兼ネイリストの千手といいます」

「あ、俺は……」

「フルネームでなくてもかまいませんよ」

千手が言うと、男性はほっとした表情を見せた。

「……透真《とうま》です。よろしくお願いします」

名乗った透真は頭を下げた。

「スタッフの明日香です」

名前を名乗ることはないが、透真に合わせて明日香も名前だけを伝えることにした。

「昨日は急に声をかけて驚かせてしまって、すみませんでした」

「いえ、俺のほうこそ、すみませんでした。せっかく優しく声をかけてもらったのに、本当に失礼なことで……」

「せっかくということは、透真さんはネイルに興味があるということでしょうか？」

「はい……ただ、やっぱり男性がネイルをするのは、なかなか勇気がいることなので」

透真は言いづらそうに答えた。

「たしかに男性でネイルをされている人は多くはないですし、男性のネイリストも増えてはきているようですが、まだ少ないみたいですね」

千手の言うように男性でネイルをしている人は俳優やアイドル、モデルや歌手がほとんどで、一般人ではあまり見かけることはない。

「ですが透真さんがネイルをできないと思う理由は、それだけではないのではありませんか？」

「どうしてそうだと思うんですか？」

まるで心を読んだかのような千手からの指摘に透真はひどく驚いていた。

「本当にカフェとまちがえていたなら、わざわざこうして店に来ることはないですし、勇気を出して、またうちに来た理由があるのではと思いまして」

「すごいですね、千手さんは。なんでもお見通しみたいで……」

驚いたように言う透真は隠す必要はないと思ったのか。

ネイルをしてみたい理由について話し始めた。

「……実は俺、男性アイドルグループの応援してるんです。シングズ・シグナルっていうグループなんですけど」

「そのグループなら知ってますよ。ねえ、千手さん」

「ええ。先日、偶然知る機会がありまして」

「そうなんですか！　まわりで知ってる人が少ないんで、知ってもらえてて嬉しいです」

共通の話題が見つかったからか。

透真の緊張も少しほぐれたようだ。

「たまたま他の動画を見てた時に、おすすめの動画で出てきて。それがきっかけでファンになったんです。今じゃファンというよりも、オタクみたいになってますけど。でもシングズ・シグナルと出会ってから、毎日すごく楽しくて」

そう話す透真はきらきらしていた。

「それで同じシングズ・シグナルのファンと交流したくてSNSをするようになって。そこでファンの女性がシングズ・シグナルをイメージしたネイルをしているのを見て、ネイルに憧《あこが》れるようになったんです。一番応援してる黄崎《きざき》さんがネイルをしてるからっていうのもあるんですけど」

「なるほど……ところで透真さんは公式のグッズや彼らを連想するようなものをつけたりはしないんですか？」

千手がそう言うのは、先日客としてやってきた美琴がグッズをつけていたからだろう。

「はい。俺はそういうのは……」

そこで言葉を止めた透真は改めて答えた。

「本当のことを言えば、つけたいです。けど俺の職場にいる人たちはその、なんていうか、オタクだとか、そういう趣味は理解できないって人ばかりなんで……だからシングズ・シグナルが好きで応援してることも隠してます。自分でマニキュアを買って一日だけやってみようかなと思ったこともあったんですが、うまく塗れなくて」

そういうことなら、ネイルをすることに余計にためらいがあっても仕方ない。

もちろん一日だけネイルを楽しむこともできるが、せっかくネイルをするのであれば少しでも長く楽しんでもらいたい。

（なにかいい方法があれば……）

そこで明日香はあることを思いついた。

「あの千手さん、足の爪にネイルをするのはどうですか？」

足の爪ならば、仕事場でわざわざ靴下を脱《ぬ》いで爪を見せるようなこともないため、ネイルをしていることがバレてしまうこともない。足の爪ならば透真さんも挑戦しやすいのではないでしょうか？」

「なるほど……どうですか、透真さん。足の爪ならば透真さんも挑戦しやすいのではないでしょうか？」

「そうですね……足の爪でもネイルをしてもらえるなら、ぜひお願いしたいです」

「もちろん喜んでさせてもらいますよ」

「ありがとうございます！」

「では、足元失礼しますね」

　座ったままではネイルをできないため、千手は透真の足元に座ってネイルをおこなうことにしたようだ。

　敷物《しきもの》を敷き、足を浸《ひた》すための木桶《きおけ》をその上に置く。

　手にネイルをする時と手順に大きな変わりはなく、爪の長さを整え、甘皮《あまかわ》などの処理をしてネイルを塗る準備を進めていく。

「うちの店ではネイルの色やデザインについてお客様のイメージなどに合わせて、こちらが選ばせていただいているのですが、なにか希望はありますか？」

「かっこいい系のデザインがいいです。あとは」

　透真はカバンからスマホを取り出すと、ジャケット写真らしいものを千手に見せた。

画面には学ランを模《も》した衣装を着ている三人が映っていた。

「この衣装のようなイメージでお願いできたら嬉しいです」

「わかりました。少しお待ちくださいね」

千手は階段簞笥《だんす》に向かい、マニキュアを選んでいく。

(千手さん、どんな色を選ぶんやろ)

以前も同じ人たちをイメージしたネイルをしたことがあるが、まったく同じものを千手が選ぶとは思えない。

今回は一体どんな色になるのか。

明日香は楽しみだった。

「お待たせしました。こちらはいかがでしょうか?」

千手が持ってきたのは黒・赤・青・黄色、そして金色のラメのマニキュアのボトルだった。

「黒が墨《すみ》色、赤が臙脂《えんじ》、青が瑠璃《るり》色、黄色が中黄《ちゆうき》になります」

「中黄?」

「臙脂色、瑠璃色は聞いたことがありますけど、たしかに中黄って珍しい名前ですね。でも、どこかで見た覚えのある色のような気もしてて……どこやったかな……？」

　明日香と透真がそんな話をしていると、ネイルの道具を用意していた千手が答えた。

「見覚えがあってもふしぎはありませんよ。その中黄という色はカラー印刷の黄色いインクの名称でもありますから」

「なるほど、どうりで見たことがあると思いました！」

　透真は興味深そうに用意されたボトルをながめていた。

「こうして見てみると、同じ赤や青にもいろいろな種類があるんですね。ふだん俺が目にしている赤や青とはまたちがう色味で面白いです」

「ええ。ある意味、色は人間と一緒ですね」

「人間と？」

「ひとことで人間と言っても、さまざまな人がいますから。よく似た人はいても、まったく同じ人はいないのと同じことですよ」

「たしかに……つい同じカテゴリでくくってしまったり、こうだからこうあるべきだってなりがちですけど……本当はみんなちがいますしね」

　透真は千手の言葉を深く受け止めていた。

「では、最初にベースを塗り、乾いたところにネイルを塗っていきますね」

そう言うと千手は穴が空いた横長のスポンジのようなものを取り出した。

「これはトゥーセパレーターといって、他の指に塗ったネイルがつくのをふせぐためのものです。こちらを足の指の間にはめさせていただきますね」

トゥーセパレーターをはめると、千手は丁寧《ていねい》にベースコートを塗っていき、乾き終わるとネイルを上に重ねていく。

親指と小指には墨色を全面に塗り、人差し指・中指・薬指には縦のストライプになるように真ん中に三人のイメージカラーを塗り、両方の端に墨色を塗っていく。

「すごいですね、千手さん……俺、こんなふうにネイルしてもらうの初めてですけど、すごく手つきがいいし。その、プロの方なので当たり前なんですけど、それでもすごいなって」

「ありがとうございます」

千手のことをそんなふうに褒《ほ》めてもらえて、明日香は自分のことのように嬉しかった。

「それに俺、家族以外に名前で呼ばれることって、ほとんどなかったので。こうして名前で呼んでもらえるのがありがたいっていうか嬉しいです」

「ありがたい、ですか？」

嬉しいというのはまだわかるが、ありがたいと言ったお客様は透真が初めてだ。

「……俺、自分の名字があまり好きじゃないんです。こどもの頃はもっと細くて、姉がいたのもあって、女の子と遊ぶことのほうが多くて……そんなだから男らしくなかったこともあって……。名字も女の子みたいって、まわりからよくからかわれてたんです」

名字や名前をからかうことは、こどもにはありがちなことではある。

しかし、だからといって、よくあることですませてしまっていいかと言われると、決してそうではないはずだ。

「そうだったんですね」

「それから、なんとか背は伸びたんですが、男らしさは相変わらずで……元カノにも、いい人なんだけど男らしくなくて頼りないと言われてしまって。そのせいか、今もたまにですけど、会社の人から名字に絡《から》めてからかわれます」

透真は困ったように笑ってみせた。

「なにが駄目《だめ》なのか、なにが足りないのか、どうすれば男らしくなれるのか……自分でいくら考えてもわからなくて、半《なか》ば現実逃避みたいにいろいろな動画を見てた時に、偶然シングズ・シグナルの動画が出てきたんです」

シングズ・シグナルの話題になった途端、透真の表情が一気に明るくなった。

「三人ともすごくかっこよくて！　その中でも俺が一番気になったのは黄崎さんで

した」

　シバさんに教えてもらった話では、黄崎さんは黄色がメンバーカラーで、三人の中では小柄なムードメーカー的存在とのことだ。

「黄崎さんが一番気になったのは、なにか理由があったのですか？」

「一番小柄で可愛《かわい》らしい見た目だけど、パフォーマンスやダンスには力強さがあって……見た目のことをいろいろ言われても、可愛いだろ、でもそれだけじゃないんだぞって、胸を張って。そういうのがすごくカッコよくて男らしくていいなって思って。それで黄崎さんのファンになりました」

「なるほど。透真さんにとって、黄崎さんは憧れの人ということですね」

「千手さんにそうやってはっきり言われてしまうと、なんだか照れますけど……そうですね。黄崎さんは俺の推《お》しでもあり、憧れでもありますね」

　透真は少し恥ずかしそうにしながらも答えた。

「俺なんかが黄崎さんみたいになれないことはわかってます……けど、ほんの少しでもいいから、黄崎さんみたいなカッコいい人になれたらいいなって。そう思ってます」

「透真さんなら、きっとなれますよ」

「ええ、僕もそう思います」

「ありがとうございます。なんかすみません、話まで聞いてもらった上にそんなふうに言ってもらって」

「透真さんが謝ることなんてありませんよ。それに透真さんは僕や明日香さんの言葉がお世辞《せじ》だと思われているようですが、まちがいなく本心からの言葉ですよ。ねえ、明日香さん？」

「はい！」

千手の言葉に賛同するように明日香は大きくうなずいた。

「すみません……そんなふうに言われたのは初めてで、自分に自信も持てなくて……だからそんな言葉をかけてもらってもいいのかなと、つい思ってしまって。ふたりの言葉を否定するようなことを」

「僕からひとつアドバイスをさせていただくのであれば、透真さんがすべきは自信を持つことではありませんよ」

「とすると、なんですか？」

「自分を信じることです。他の誰でもない、透真さん自身のことを」

「自分を信じる……よく聞きますけど、俺みたいにこれといったものがないと、なかなか難しいですね」

「そうでしょうか？」

千手はふしぎそうに透真を見上げた。

「透真さんは素敵なものをもう持っていますし、憧れの黄崎さんのようになりたいと思って努力だってされているじゃありませんか」

「でも、努力するのは俺でなくてもできますし。それに俺よりも、もっと努力している人だって」

「仮に他の人が透真さんよりも努力しているからといって、透真さんの努力が否定されるわけではないですし、まして否定されていいわけがありません」

千手の言葉は透真だけでなく、明日香にも響くものだった。

気づけば、他人と自分の努力の量を比べていることが多い。

しかし千手が透真に言ったように、本来であれば他人がどれだけ努力しているかは、自分が努力することとは関係ないはずなのだ。

「それに自分自身が変わるための努力は意外とできないものですし、とても難しいことです。だから自分が変わろうと努力するよりも、こうなったのはお前のせいだと他人の責任にしたり、他人の足を引っ張り、手っ取り早く自分が上に立とうとしたりする人のほうが多いんですから」

「そうなんですか？　でも、そんなことしてもなんにもならないじゃないですか？」

千手の話を聞いた透真はひどく驚いていた。

「そんなふうに考えられるのが透真さんの素敵なところですし、いいところだと思いますよ。だからこそ、このお店と縁があったんですね」

「縁、か……」

「透真さん？」

「実は俺、婚活中なんですよ。友だちに誘われて結婚相談所に登録して。友だちはあっさり成婚して退所していったんですけど、俺はなかなかうまくいかなくて……そんな俺でも、いい縁はあると思いますか？」

「ええ。透真さんが自分を信じて、こうありたいと願い、行動するのであれば」

「なんだか千手さんにそう言われると、本当にいい縁がありそうです」

「ありがとうございます。トップコートも乾いたのでこれで完成ですが、いかがでしょうか？」

親指と小指は墨色で先のほうには金色のラメがのっている。

人差し指・中指・薬指には真ん中に三人のイメージカラー、両サイドには墨色でストライプになっている。

「親指と小指は透真さんからお聞きした黄崎さんのイメージ、人差し指・中指・薬指は衣装のイメージでデザインしてみました。男らしくと言われていたので、全体的に落ち着いた色を選んで男らしさを出してみましたが、同時に透真さんのおだやかで落ち着いたイメージから選んだ色でもあります」

「すごくかっこいいです。こういうネイルをするのは、俺には無理なんだろうなって思っていたんですけど……もう一度、勇気を出して店に来てみてよかったです」

自分の足元をながめる透真は、透真自身も気づかないうちに笑顔を浮かべていた。

「喜んでもらえて僕も嬉しいです。最後にネイルオイルを塗ってもいいですか？」

「は、はい」

千手は一本一本の爪に丁寧にオイルを馴染《なじ》ませていく。

その表情はどこまでも真剣で、いつもとはちがう角度から見ているせいもあってか。胸が小さく高鳴るのがわかった。


「本当にありがとうございました」

靴下と靴をはいてしまえば、ネイルをしていることはまったくわからない。

それでも透真は店に来た時よりも明るい表情で、足取りも軽く店をあとにした。

（よかった、あんなに喜んでもらえて）

勝手な提案をしてしまったこともあり、喜んでもらえるか不安だった明日香はほっと胸をなでおろした。

「……ありがとうございました、明日香さん」

「あの、どうして急にお礼なんて」

「透真さんのネイルですよ。足の爪にネイルをしてはどうかと、明日香さんの提案のおかげで透真さんの素敵な笑顔を見ることができました」

「そんな、私はただ思いついたことを言ってみただけで。実際にネイルをしたのは千手さんですし、私はなにも」

「明日香さんがいなかったら、そして明日香さんからの提案がなかったら……きっと僕は美琴さんの時のように、透真さんの事情や気持ちも考えずに同じようなことを言って、透真さんを不快な気持ちにさせてしまったのではないかと、そう思うんです」

　あれは千手なりに美琴のことを思っての言葉だったが、その言葉に美琴が傷ついてしまったこともたしかだ。

「それに、ようやくわかったんです」

「なにがわかったんですか？」

　問いかける明日香を隣にいる千手はじっと見ていた。

「好きだと言葉にできることが、どれだけ幸せなことなのか……そしてその一方で、自分の好きという気持ちを否定されることを恐れるがゆえに、好きだと言えないことだってあるのだと」

まるで明日香に対して言われているかのような言葉に、明日香の頰《ほお》に熱が宿っていく。

「それは、たしかにそうですけど……でも、私が足の爪にネイルをすることを提案できたのは千手さんのおかげなんです」

「僕のおかげ……？」

「はい。千手さんが心を込めてネイルをする姿をいつも見ているからこそ、透真さんにも千手さんのネイルで、笑顔になってほしいって思ったんです。千手さんのネイルは、とても素敵なので」

明日香の話を聞いていた千手は嬉しそうに笑った。

「僕も明日香さんのことを素敵だと思っていますよ」

「どうしてそこで私の話になるんですか？」

「僕は思ったことを言っただけですよ」

（それにまたそんな口説《くど》くようなことをさらっと言って……）

いつもならば、ここでなにも言えなくなってしまうが、今日はちがった。

「それを言うなら千手さんのほうが、ずっと……」

そこで明日香は言葉を止めた。

(今、すごく恥ずかしいことを言いそうになった気がする)

しかし千手は明日香の言葉を聞き逃すことはなかった。

「ずっと、なんですか?」

「……素敵だと思います」

「よかったです。素敵なのはネイルだけだと言われてしまったら、どうしようかと思っていたので」

「そんなことは……」

「ありがとうございます。やっぱり明日香さんは素敵な人ですね」

「い、いえ、そんなことは……千手さんのほうが素敵ですから」

ほうっておけばいつまでも続いてしまいそうなやりとりに、奥から出てきたシバさんが「いい加減にしろ」とでも言いたげに、小さくワンと鳴いた。

※　※　※

「……やっぱり、何度見てもいいな」

ネイルをしてもらった透真はあれから何度も足の爪をながめていた。

（千手さんも、店員の明日香さんもいい人でよかった）

正直、自分の、推しネイルをやってみたいという気持ちを誰かに打ち明けることは、透真にとってはかなり勇気のいることだった。

そんな透真の気持ちをふたりはしっかりと受け止めてくれて、初めてのネイルは透真が思っていた以上に素晴らしいものになった。

黒色をベースに、人差し指から薬指にかけてはメンバーカラーの赤・青・黄色の太めのストライプが真ん中に一本入っていて、親指と小指は透真の一番の推しである黄崎を思わせるゴールドのラメが先端にちりばめられている。

初めて透真が見たシングズ・シグナルの動画で彼らが着ていた学ラン風の衣装を思わせるデザインで、動画に出会った時の感動や興奮まで思い起こされてくる。

「せっかくこんなかっこいいネイルをしてもらったのに、靴下で隠すんはもったいないな」

他人にバレることがないようにとわざわざ足の爪にネイルをしてもらったというのに、いざほどこされたネイルを目にすると、誰かに見てもらいたい気持ちが湧《わ》いてくる。

男性ファンを見かけることは少なく、たまにライブで見つけたとしても向こうは誰かと一緒に来ていたりと、なかなか透真と同じような一人参戦の男性ファンを見つけることはできなかった。

「まあ、仕方ないか……これから顔合わせだし……」

透真は少しさみしく思いながら新しい靴下をはくと、玄関脇にある鏡で身だしなみを確認していく。

（本当だったら、このままライブに行くはずやったんやけどな……）

そんなことを思いながら鏡を見る透真は、ジャケットに細身のパンツと、ライブに行くというよりも仕事相手に会うような、オフィスカジュアルの格好《かっこう》に近い。

「林《はやし》さんもいい人なんだけど、ちょっと強引やしなぁ……」

林さんは透真が登録している結婚相談所の透真の担当である相談員だ。

五十代のパワフルな女性で、これまで何人ものご縁を取り持ち、結婚に導いてきた人らしく、友達に誘われて付き合うような形で登録した透真にもいいご縁をとはりきってくれている。

それはありがたいことなのだが、少しばかり強引なところもあり、今日の顔合わせも林さんが半ば強引に決めたようなものだ。

林さんいわく、透真は押しがなさすぎて頼りがいを感じられなくていけないということらしい。

（たしかに大学時代の彼女にも、そんなこと言われたな……）

その時の彼女とは「いい人ではあるんだけど頼りがいがない」と言われて別れることになったが、友人としての付き合いはその後も続き、彼女が結婚すると聞いた時は心から喜び、お祝いのメッセージを送った。

その際にお祝いの品はなにがいいかたずねたのだが、彼女からは「あなたのそういうところが駄目なんだよ」と言われてしまった。

ちなみにしっかりとお祝いの品のリクエストはされたので、彼女のそういうところは相変わらずだなと思ったりもした。

元カノから言われたのと同じようなことを林さんに言われてしまったこともあって、アドバイスを受けて頼りがいのある男っぽく見られるように努力はしてみるものの、どうしてもうまくいかず、これまで会った相手からはすべてお断りされている。

「はあ……今日もお断りされるんやろな……」

会う前から弱気になるのはよくないものの、そんな気持ちを拭《ぬぐ》いきれないまま、透真はアパートをあとにした。

(でも、シングズ・シグナルのライブがあるし……!)

待ち合わせ場所である喫茶店に向かう透真を支えているのは、シングズ・シグナルのライブだった。

ジャケットの中に着たシャツの下にはライブTシャツをこっそりと着込んでいる。

ライブに行くために、事前に今日は予定があることを伝えていたのだが、林さんから「いい子がいるから会ってみたらどうか」「とにかくいろいろな子に会ってみることも大事だ」という怒濤《どとう》のメッセージに折れる形でお昼頃までならと承諾《しょうだく》したのだ。

待ち合わせ場所にと指定された喫茶店は偶然にもライブ会場に近く、道中ではライブTシャツをきたシングズ・シグナルのファンの姿を見かけた。

そんな彼らを横目に透真は喫茶店についた。

ドアを開けて中に入ると、店内は少しレトロで落ち着いた雰囲気が漂《ただよ》っていた。

あとから人が来ることを告げて、透真は店の一番奥の席に腰をおろした。

待っている間にメニューを見てみると、そこにはおそらく開店当時から変わらないであろうナポリタンやオムライスといったメニューが並んでいる。

（これから会う人はたしか……）

透真は事前に林さんから送ってもらったメッセージを確認する。

メッセージにはこれから会う女性の名前と登録時に提出された写真があった。

——薙原《ちはら》美琴。

透真より少し年上の女性はどこか凛《りん》とした雰囲気がとても素敵だと思ったが、うまく言葉にすることのできない違和感のようなものがあった。

(なんやろ、この感じ……?)

そこにちょうど美琴がやってきた。

店員に待ち合わせであることを伝えたようで、店員は慣れた様子で透真のいるテーブルへと美琴を案内してくれた。

送られてきた写真よりもカジュアルな服装だが、今の服装のほうが美琴にはよく似合っているように透真には思えた。

「お待たせしてすみません」

「いえ、大丈夫ですよ」

結果として顔合わせは散々なものだった。

(俺のせいで……)

「はぁ……」

あの様子では透真のことを結婚相手として考えてはいないだろう。

そんな流れを少しでも変えようと、とっさに振った話題は、好きなものはなんですかということもじみた質問だった。

(そもそも初対面の人に好きなものとか話したくないのは、俺も同じやのに)

透真からの質問に困った顔をしていた美琴を思い出す。

自分も困る気持ちがよくわかるからこそ、申し訳ない気持ちでいっぱいになる。

(こういう時、黄崎さんなら、きっとうまく場を盛り上げるんやろな)

しかし透真には推しのように場を盛り上げられる力がないどころか、まともに話をすることさえできなかった。

(しかも予定があったのに、わざわざ時間をさいてもらって)

「申し訳ないにもほどがあるし……」

顔を合わせる相手が透真でなければまたちがっていたかもしれないが、どう考えても無駄《むだ》な時間を過ごさせているとしか思えなかった。

(多分やけど、林さんが俺に言うたみたいに、無理言うたんやろな……)

そんな申し訳なさもあり、早めに店を出ようと提案することくらいしか透真にはできなかった。

これくらいならば大丈夫だろうと今日のために履《は》いてきた新しいスニーカーが目に入るが、沈《しず》んだ気持ちはなかなか浮き上がってはこなかった。

これまでお断りされたとはいえ、数人の女性と話をしてきたが、こんなにもうまく話せないどころか、ひどかったのは今回が初めてだ。

（今までやったら、もう少しまともに話せていたのに……）

自分でもなぜ今回にかぎってと、その理由がわからずにモヤモヤしてしまう。

こんな気持ちでライブに向かうのもどうかとは思ったものの、自分が不甲斐《ふがい》なかったという理由で空席を作ってしまうのも申し訳ない。

（林さんを通じて、改めてちゃんと謝ろう）

次はないのだろうなと思いながら、透真はライブ会場に向かった。

途中でシャツを脱いで下に着込んでいたライブTシャツになると、少しだけだが落ち込んでいた気持ちが上向きになるのがわかった。

会場に入り、自分の席を確認した透真は思わず動きを止めた。

「うそやろ……」

チケットに表示されている席は前列の中央。

何度も席の一覧図を確認してみるが、透真の席は前列の中央でまちがいない。

（本当に最前中央とか当たるんや……）

実際に当たっている人がいるとわかってはいたものの、そんな席と自分は縁がないものだと思っていた。

今まで何度かライブやイベントに行ったことはあったが、そもそもこんなに前方の席が当たったこと自体、今回が初めてだ。

これにはさすがの透真も、落ち込んでいた気持ちよりも興奮のほうが上回った。

（いや、でもまだ席に行ってみないとわからないし）

自分を落ち着かせるように心の中で言いきかせながら席に向かうと、思っていた以上のステージとの近さだ。

（ここで、ライブを、黄崎さんを生で見れるんや……！）

一生分の運をこの神席に使い果たしてしまったかもしれないが、後悔はない。

左隣はまだ空いていたが、右隣にはすでに女性の姿があった。

（ペンラ振る時とかに腕が当たらんようにしんと……）

そんなことを思っていると、カバンからペンライトを取り出そうとしていた女性と目が合った。

「えっ……」

「あ……」

目が合った瞬間、思わず声が漏《も》れた。

「……薙原さん……？」

思わず名前を呼ぶと、美琴はとっさにカバンをつかんで席をあとにしてしまった。

そんな美琴に、透真は自分がまちがったことをしてしまったと気づいた。

「ま、待ってくださいっ……」

透真は美琴を追いかけるために席をあとにした。

美琴はそのまま会場を出てしまっており、美琴を追いかけながら透真はカバンを一緒に持って出てよかったと思った。

（薙原さんもカバン持ってるから、とりあえず再入場はできるし）

なぜ美琴が自分を見て逃げてしまったのか。

最初はわからなかったが、今では少しわかるような気がした。

おそらくだが、顔合わせのあとの予定がライブだったこと、そして自分の好きなことを知られてしまったからだろう。

（だって、俺もそうやし……）

会社の人たちは推し活には理解がなく、どちらかと言えば否定的なように思える。

いろいろな考えがあることは仕方ないと思っているが、自分が好きなものを否定的に言われてしまうことは悲しく、だからこそ透真はシングズ・シグナルのファンであることをできるかぎり隠してきた。

だから林さんにアイドルなどを応援しているなら隠したほうがいいと言われた時も「わかりました」とすんなり返すことができた。

ただ納得できたかと言われれば、それはまたべつだ。

好きなものを隠していることも、名字をからかわれることも。

ぜんぶ納得したふりをしていただけだ。

（納得なんて、できるはずない）

今だってそうだ。

美琴の迷惑になることはわかっている。

けれど、ここで追いかけなければ、絶対に後悔する。

「ま、待ってくださ……うわっ？」

必死に追いかけて手を伸ばして、気づけば地面に倒れ込んでいた。

（最悪や……）

ここまで必死になって走ってきたせいで、きっと髪もぐちゃぐちゃになっているだろう。

今、振り向いた美琴の目に映っているのは、汗をかいてすっかり息が上がってしまい、追いつくこともできず、無様に転んだ格好悪いひとりの男だ。

（きっと、呆れられてる……）

喫茶店でのやりとりを思えば、呆れられてしまうのも当たり前のことだ。

むしろ、このままほうっておかれても、なにも言えない。

（でも俺のせいで薙原さんがライブ見れなくなるんは嫌やな……）

そんなことを考えていた透真の元にあわてたような足音が近づいてきた。

「大丈夫ですか？」

顔を上げて美琴と目があった瞬間、透真は思った。

（あぁ、俺は……）


その言葉の続きを伝えることができたのは、ライブが終わってからのことだった。

公演のスタートが遅れ、透真も美琴も最初からライブを見ることができた。

ライブは「最高」のひとことだった。

「もうほんまによかった！」

「まさか、あの曲もやってくれるとか、俺、まったく思ってなくて」

「あの時、姫野《ひめの》さん、隣で固まってて、大丈夫なんかなて心配やったし」

「薙原さんやって、最後の曲ですごい感動してたし」

「だって最後にファーストシングル持ってきて、あの挨拶《あいさつ》とか、あんなん、もう無理！」

「たしかに無理やんな。最後にあれは……」

ライブの興奮も冷めないまま、感想を言い合っていたが透真はライブ前に美琴に言ったことを思い出した。

（ライブ終わりに、改めて薙原さんに聞いてほしいことがあるって言ってたんや……）

美琴もそのことを思い出したのか。

自然と口数が減り、あれだけ飛び交っていた言葉はなくなってしまった。

「あっ、あの……」

「はい……」

伝えないといけないことは決まっている。

むしろライブが始まる前に、すでに一度美琴に伝えていたようなものだ。

それでも透真はきちんと美琴に伝えたかった。

「……ライブが終わって、こうして薙原さんとライブの感想を話せて、すごく楽しいです」

「うん……私も」

「それと、楽しいと思うと同時に嬉しいって思うんです。他の誰でもない、薙原さんとこうして好きなものの話をできて。同じシグナーやからとか、そういうんやなくて、そんなふうに思うのは薙原さんだからで」

「うん……」

うまく言葉をまとめることができない透真の話を、美琴は急《せ》かすこともさえぎることもせず、ただ黙《だま》って聞いてくれていた。

「お互いに好きなものや嫌いなものを知っていきたいって、俺はそう思ってます。でもそれは同じものを好きにならなとかではなくて……薙原さんが好きなものも嫌いなものも、俺にやったら言っても大丈夫なんやって。そんなふうに思ってもらえて、自分らしくいてもらえたらいいなって」

(あぁ、あかん。うまく話せなくて、無駄に長く話してるだけな気が……)

「……嫌いなものは納豆」

「え？」

「甘いものは嫌いやないけど、甘すぎるものはあんま得意やなくて……でも、あんこは好き。変わってるやろ？　好きな物は派手《はで》めなメイクに、シングズ・シグナル。あとは……」

そこで言葉を止めると、美琴はじっと透真を見た。

「転ぶくらい必死になって、私を走って追いかけてきてくれるような優しい人」

「それは……」

期待してしまってもいいのだろうか。

もしかすると透真にとって都合のいい勘違いなのかもしれない。

しかし顔の赤い美琴を見て勘違いではないとわかった透真も、だんだんと顔が熱くなっていくのがわかった。

「……姫野さんも教えてくれますか？」

「こんにゃくが嫌いやけど、糸こんにゃくはふしぎと大丈夫で、俺もなんか変わってて……」

(ちがう、俺が言いたいのは、こんなことやなくて)

美琴は透真が言いやすいように、そんなふうに自分から言ってくれたのだろう。

透真は自分を落ち着かせるように深呼吸をして、そして美琴を見た。

「俺が好きなのは、薙原さんです！　俺と、っ、お付き合いしてください！」

「……はい、よろしくお願いします」

鮮やかなネイルに彩《いろど》られた美琴の手が、透真に差し出された。

重なった手が熱かったのは、きっとライブの興奮だけのせいではないはずだ。

※　　※　　※

「～♪」

店内の掃《は》き掃除をしながら、明日香はシバさんから教えてもらったシングズ・シグナルの曲を自然と口ずさんでいた。

こうしてゆっくりと曲を聴けるようになったのも、久しぶりな気がする。

(前の会社で働いていた時は音楽を聴こうって気持ちにも、ぜんぜんなれへんかったし)

彼らの曲を聴いているとお店に来てくれた美琴と透真のことを思い出す。

(あのふたりはライブ楽しめたんかな……)

千手のネイルはずっともつわけではないが、ネイルを見て少しでも楽しい気持ちになってもらえたら、こんなに嬉しいことはない。

「明日香さん、最近、その歌よく口ずさんでますね」

すると、そこにグラスをのせたお盆《ぼん》を手にした千手がやってきた。

「すみません。仕事中なのに歌って」

「かまいませんよ。明日香さんの優しい歌声は好きなので。聴いていて、とても癒《い》やされますし、それにとてもいい歌だなと思います」

好きという言葉にドキッとしてしまうが、千手が言っているのはきっと曲のことだと言い聞かせて、どうにか落ち着かせた。

「今、歌ってたのは私の好きな歌なので、千手さんも気に入ってくれたなら嬉しいです」

「少し休憩にしましょうか。お茶も淹《い》れたので、よかったらどうぞ」

「ありがとうございます」

千手はよくお茶を淹れてくれたりして、明日香のことを気遣ってくれる。

「本当なら、私がお茶を用意しないといけないのに……」

「そんなふうに思わなくてもいいですよ」

「でも……」

「僕は今までお茶を淹れてもらってばかりだったので、こうして好きな茶葉を選んで、自分で好きな時に、好きなようにお茶を淹れられるのが楽しいんですよ。ただ一人分のお茶を淹れるのは難しいので、よければ明日香さんも僕の楽しみに付き合ってもらえるとありがたいです」

「わかりました」

それは明日香が気を遣うことがないようにするための、千手なりの優しさだろう。

冷たい緑茶はすっと喉《のど》を潤《うるお》してくれた。

「それに、そろそろシバさんも帰ってくると思うので、休憩するにはいい時間だと」

ちょうど千手がそんなことを話していたタイミングで店のドアが勢いよく開き、中に少年姿のシバさんが飛び込んできた。

「おかえりなさい、シバさん」

「ただいまだぞっ！　千手、早くパソコンをつけてくれっ！」

「わかりました。ええと……」

ひどくあわてた様子のシバさんに言われて千手はノートパソコンを開くが、操作方法がわからないようで、真っ暗な画面を見て固まったままだ。

「たしか電源はこのあたりに……」

「早くしてくれ！」

「あの、よかったら、私がやりましょうか？」

「頼んだ！　千手に任せておったら番組が終わってしまう。シングズ・シグナルの動画が見たいんじゃ！」

「わかりました」

千手にかわってノートパソコンに向き合った明日香は慣れた手つきでパソコンを起動させ、動画サイトを開いていく。

「そんなに急ぐならスマホから見たらいいんじゃないですか？　たしかスマホからでも動画は見れましたよね？」

「ええいっ、忘れたのか！　千手がシバさんのスマホをうっかり壊して、見守り用のこどもスマホを契約してきたせいで、動画が見れなくなったんだろうが！」

「店員さんに話しかけられて、どれがいいか相談していたら、こどもでも使いやすくていいですよ、いろいろ見守り機能もあって安心ですってすすめられて。おすすめというなら、それでいいかなと思ったんですよ」

「電話とメールさえできれば、それでかまわない千手だけでスマホを買いに行かせたシバさんがまちがいだった……シバさんも一緒に行っていればよかったんだぞ……」

シバさんはガクリと肩を落とし、じとりとした目で千手を見た。

「ないとは思うが、何度も言うようにご利益があるとすすめられたからといって、あやしげな壺《つぼ》とか置物とか、絶対に買ってくるんじゃないぞ？　そんなことしたら、さすがのシバさんもドン引きするレベルだからな？」

「それはさすがにないですよ。その壺や置物があやしげなものかどうかくらいの見極めは僕にもできますからね」

「そうだけど、そうじゃないんだぞ！」

（シバさんが千手さんと一緒にいてくれはって、よかったかも……）

ふたりのやりとりを聞いていた明日香は、改めてシバさんに感謝した。

千手を信用していないわけでは決してないのだが、どこから買ってきたのかわからない壺や置物を、ある日ひょっこりと持って帰ってきてもおかしくない雰囲気は、正直ある。

「シバさん、動画サイト開きましたよ」

「おおっ、ありがたい。おかげで間に合った！」

動画はちょうどオープニング映像が終わり、シングズ・シグナルの三人が画面に映ったところだった。

〈シグナーのみんな、こんにちは！　シングズ・シグナルのリーダー赤星良治《あかほしりようじ》でっす！〉

〈同じく青磁友則《せいじとものり》だ〉

〈待って、それだとリーダーふたりになっちゃうし。たしかに青磁がリーダーって思ってる人多いけどさ〉

〈そうなのか？〉

〈そうなのかっ？〉

〈あっはっはっ、ふたりの温度差はげしっ！　シングズ・シグナルの黄崎翔《しよう》だよ～、こんにちは～〉

三人は画面の向こう側にいるファンに向かって手を振る。

黄崎はイメージカラーに合わせた黄色のネイルをしていた。

画面を見ながら、シバさんも嬉しそうに手を振り返している。

耳としっぽが出ていれば、きっと上機嫌《じょうきげん》にフルフルと揺れていたことだろう。

〈えー、今日の生配信はライブお疲れ様でした回ということで！　この前のライブは楽しんでくれたか？〉

赤星の言葉に答えるように画面には「楽しめた」「最高だった」などのコメントがいくつも流れていく。

三人はうんうんとうなずいたり、時折笑顔を浮かべながら、次々と画面に流れていくコメントに目を通していく。

〈みんなにも楽しんでもらえたようでなによりだ。俺たちの地元でもある京都で、あんなライブができたことを嬉しく思う〉

〈ほんと最高だったよね～。ってことで、ここでライブにまつわるお手紙を紹介しまっす！〉

〈メールだろう？〉

〈いや、そっちのほうがなんか風情があるだろ、京都って感じで！〉

真面目《まじめ》な顔で黄崎に向かって首を傾《かし》げる青磁に、赤星がツッコミを入れる。

〈青磁くん、そこ気になっちゃうんだ？　あと赤星くんのツッコミは今回もよくわかんないのでスルーして大丈夫で～す、とにかく紹介していくよー！〉

いつものことらしく黄崎は慣れた様子で赤星の言葉を流して、メールを読み上げていく。

〈皆さん、こんにちは！　ライブお疲れ様でした。あの日、大渋滞が起きてライブ諦めてたんですが、事情を知って開催時間を遅らせてくれたのを知りました。神対応感謝です。おかげでライブに間に合いました〉

〈神対応……と言ってもらってもいいのか、あれは？〉

〈青磁の言う通りだな。俺たちは当たり前のことをしただけだし！　むしろワガママ聞いてくれたスタッフさんたちには感謝しかない。ありがとうございますっ、ほんっとに！〉

赤星はカメラに映らない場所にいるらしいスタッフたちに向かって大きな声で感謝を述べ、青磁と黄崎も続いて、ありがとうございますと、それぞれ感謝を伝える。

「この人たちのことは詳しく知りませんが……見ていてとても気持ちいいですね」

「そうじゃろ、そうじゃろ」

「さっき私が口ずさんでいた曲はシバさんに教えてもらった、この人たちの曲なんですよ」

そんなことを話しながら少し画面から目を離していた間に、画面は「クソデ感謝」というコメントで埋め尽《つ》くされている。

〈ねえ、待って。今の赤星くんへのコメントでクソデ感謝とか言われてんだけど〉

〈なるほど、クソデカい声と感謝をかけてるのか。それなら俺たちも赤星にはクソデ感謝？してる〉

〈冷静に説明するのやめてくれる？　こんなだからトリオのコントグループとか言われたりするんだよなぁ〉

そう赤星がつぶやいた途端に、コントグループなどといったコメントが一気に画面を埋めていく。

〈おいおい、コントグループじゃなかったのとか、そういうボケのコメントいらないって！　初めて見てくれた人の中には本気にしちゃう人いるし。ああ、もう！　だから、ここでこうやって俺がツッコむと、さらに本当っぽくなるから！〉

〈はーい、赤星くん、ストップ～！　続き読んでくからね～！〉

黄崎はわざとらしく咳払いをして話をさえぎると、ファンからのメールを再び読み始める。

〈ライブが終わったあとに、男性のシグナーさんが女性のシグナーさんに告白してるのを見ちゃったんです！〉

〈え、ほんとに？〉

赤星はキラキラと目を輝《かがや》かせながら、黄崎を見た。

〈遠目から少し見ただけでしたが、すごくお似合いなふたりだなぁと思いました〉し、私もあんな素敵な恋人がいたらいいな～なんて思いました。だってさ〉

〈いいねいいね！　こう、甘酸《あまず》っぱいというか、青春っていうか〉

〈これは俺たちがきっかけ……と言っていいのか？〉

〈いいやつだろ、これは！　なんか嬉しいよな……きっかけは他にもあったかもしんないけど、俺たちもきっかけのひとつになれたってことだろ？〉

〈そうだな。俺たちがこのふたりのきっかけのひとつになれたなら、俺も嬉しく思う〉

青磁も嬉しそうに顔をほころばせる。

〈多分だけど、告白した、されたシグナーさんたちもこの配信見てくれてるよな？　結婚式には呼んでくれよ、それで俺たちにぜひふたりの結婚を祝わせてくれ！　全力で祝いに行くからな！〉

いきなりカメラに寄ったかと思うと、とんでもないことを言い出した赤星にあわてたのは黄崎だった。

〈ちょっと待って、気早すぎだし！〉

〈そうだぞ。それに赤星は大事なことを忘れている〉

〈ん？　大事なことってなんだよ？〉

青磁は真顔で答えた。

〈結婚式は和装か洋装、どっちだ？〉

〈たしかに雰囲気ちがってくるもんな〜。いっそ両方の曲作ったらいいんじゃないか？〉

〈それもそうだ。めでたいことはいくつあってもいいものだからな〉

〈いや、だからさ、そういう問題じゃないんだけど……でも俺たちにぜひ祝わせてほしいっていうのは本当だし、よかったら結婚式には呼んでね。じゃあ、俺たちの曲聴いてください。シングズ・シグナルで『三人坂』……って、ちょっと、なんで勝手にふたりだけで曲のこと決め始めてんのさ！　俺も混ぜてよ！〉

三人のにぎやかな声にエコーがかかりながら、画面は曲のＭＶに切り替わった。

「やっぱり、この三人は面白いんだぞ！」

自分以外には明日香と千手しかいないこともあって、すっかり気が抜けてしまったのか。

シバさんは耳としっぽを出してリズムを取り、画面を見ながら、流れてくる歌を口ずさんでいる。

「千手さん、もしかしなくても、今、紹介されてたふたりって、お店にネイルをしに来てくれたあのお客様たちのことじゃないですか？」

話を聞いて浮かんできたのは美琴と透真のことだった。

まさかべつべつに店にやってきたお客様が婚活相手として出会うことになるとは思っていなかったが、あのふたりならばお似合いだと、どこか納得した。

ふたりともシングズ・シグナルのファンで、婚活中で。

さらに京都で開催されるシングズ・シグナルのライブに行くとも言っていた。

（こんな偶然があるなんて……！）

「きっと、そうですよね。千手さんもそう思いませんか？」

「……もしかしたらそうかもしれないし、そうじゃないかもしれませんね」

「えっ？」

にぎやかな配信には似つかわしくない、どこか固さを含んだ千手の声に、明日香は戸惑いを隠せなかった。

「そう、ですよね……すみません。はっきりふたりだとわかったわけでもないのに、勝手に盛り上がってしまって……」

こんな偶然が他にあるとは思えないが、千手の言うこともまた一理ある。

（けど、ちょっと意外やった……）

千手もきっとあのお客様たちですねと言って喜ぶはずだと、そう勝手に思っていた。

「でも……今の話に出てきたふたりがお店に来てくれたあのお客様たちだったらいいなと。僕も明日香さんと同じように、そう願っているのも本当なんです」

そう話す千手の声からは、先程まで含まれていた固さはなくなっていた。

「先程はきつい言い方になってしまってすみません……ずいぶんといろいろなものを見てきたせいでしょうか。悪いことはいくらでも重なっても、良いことが重なることは滅多《めった》にないと……つい、そんなふうに考えてしまうのは、よくないことですね」

千手がその考えに至るようになるまで、どれだけのものを見てきたのか。

きっと明日香が想像できる以上のものを多く見たのだろう。

千手の言葉には、長い時間を過ごしてきたものにしかわからない苦悩が詰まっていた。

「それでも……だれかの幸せを、ただ純粋に願うことができるのは、神様をやめてよかったと僕が思えたことのひとつですから」

そう言いながら画面を見ている千手のやわらかな表情に、明日香は安堵《あんど》を覚えた。

「ああ、この部分ですね。さっき明日香さんが歌っていたのは」

「はい」

「いい曲だろう。千手も一緒に歌ってみたらどうだ?」

「いえ、僕は、歌はあまり得意ではなくて……でも、そうですね……」

千手は画面に表示されている歌詞を見ながら、ゆっくりと歌い始めた。

店に静かに広がっていく千手の声に、自然と明日香とシバさんの声が重なっていく。

「――たとえ　その手が重ならなくても　信じてるんだ　心はきっと重なると　重なる日はきっと来ると　信じてる」

シングズ・シグナルの三人が坂の上から朝日をながめている後ろ姿のアップでMVは終わった。

「歌うのなんて何年ぶりでしょう」

「千手さん、歌うまいんですね」

「明日香さんよりは下手だと思いますが、いい歌詞でしたね。自分で声に出して歌ってみて、歌詞のよさをさらに感じました」

「私もこの曲の歌詞が好きなんですよ。とくに最後のところが好きで」

「ええ。僕も最後の歌詞がいいと思います。こういう曲を聴いてみるのもいいですね」

「千手さんはあまり音楽を聴いたりはしないんですか？」

「嫌いではないんですが、なんというか、その……毎日、同じ曲に近いようなものを、もう何度も何度も聴いていたので」

少し困ったように千手は笑ってみせた。

この配信を見て、声にならない悲鳴を上げたふたりが結婚することになり、シングズ・シグナルがふたりを祝うために本当に結婚式に駆《か》け付けて、ふたりのために作った曲がウェディングソングの定番曲のひとつになるのは数年後の話……。

第4話

翠《すい》玉《ぎょく》

六月に入ると、京都は梅雨《つゆ》に向けて段々と蒸《む》し暑くなってくる。

(今年の夏も暑くなりそう……)

休憩を終えて店に戻るために少し歩くだけでも、じわりと汗ばんでくるのがわかった。

(今度、アイスでも買ってこかな)

きっとシバさんが喜んでくれそうだ。

そんなことを思いながら店のすぐ手前まで帰ってきた明日香《あすか》の目に飛び込んできたのは、店の前でレースの日傘《ひがさ》の柄を肩にかけ、黄緑色の着物姿でしゃがみこんでいる七十歳ぐらいのグレーヘアーをひとつにまとめた女性だった。

「困ったわねぇ……」

地面をきょろきょろ見回しているところを見ると、なにかを探しているようだ。

心配になった明日香は声をかけてみることにした。

「あの、なにか探し物ですか?」

「あら、あなた。気づいてくれたのね」

女性は着物の裾を手で直しながら、すっと立ち上がった。

(上品で素敵な人……)

そんなことを思っていた明日香の前で、女性は慣れた手つきで日傘をたたむと、明日香の手をキュッと握《にぎ》り締《し》めた。

「えっ、あの」

「嬉しいわぁ。私にこうして声をかけてくれはったんは、あなたが初めて。親切で可《か》愛《い》らしいお嬢《じょう》さんに会えて本当に嬉しいわ」

「お嬢さんなんて、そんな……」

そんなふうに呼ばれるのはこどもの頃以来で、照れてしまう。

「ややわぁ、そんなに照れないでちょうだい。私はほんまのことを言うただけなんやし」

先程まで困っていた様子だった女性は、まるで花が咲いたように頰《ほお》をかすかに染めて嬉しそうに笑った。

「いけないわ、挨拶《あいさつ》がまだだったわね。私は国見八千代《くにみやちよ》。お嬢さんは？」

「寿《ことぶき》明日香です」

「まあ、素敵なお名前ね。あ、私のことは八千代さんと呼んでちょうだい。おばあさんと呼ばれるんは、なんだか合わへんくて。孫たちにもそう呼んでもらっているのよ」

「はっ、はいっ」

イメージとギャップがあって少し驚いてしまったが、そこがまたなんだか可愛らしくてお茶目に感じる。

「それで、あの……八千代さんはどうして、ここに？」

年上の人を名前で呼ぶのはどうかと思ったものの、そこは八千代本人が希望していたこともあり、少し迷いながらも明日香が名前で呼ぶと、八千代は嬉しそうに笑った。

「さっそく私のことを名前で呼んでくれて嬉しいわ。ただ……」

八千代はそこで言葉を切ると、ふと顔を曇《くも》らせてしまった。

「どうしてここにいるんかは、私にもわからへんのよ」

「わからないって……道に迷ったとかですか？」

「いいえ、そうやないの。とにかく、ふと気づけば、ここにいて……私も、あなたにこれ以上なんて説明すればいいんか、それもわからへんのよ……」

八千代は困ったわと頬に手を添《そ》えて、首を傾《かし》げてみせた。

「あの、もしよかったらお店に寄っていかれませんか？」

「あら、あなた、お店をやってはるの？」

「いいえ、私が働いているネイルのお店なんですけど、千手《せんじゅ》さん……店長やったら、もしかするとなにか力になれるかもしれません」

明日香が門を開くと、門はキィッと小さくきしんだ。

「この門の奥がお店なので」

「こんなところにお店があったなんて、ぜんぜん知らんかったわ」

八千代は楽しそうに門をくぐると、店に向かって歩き出した。

「ふふっ、なんだかわくわくしちゃうわね。まるで秘密基地への通路みたい。こんなに足取りが軽いんは何年ぶりやろ」

腕に引っかけたレースの傘もリズミカルに揺《ゆ》れ、八千代の楽しさが伝わってくる。そんな八千代につられるように、店への道に響く明日香の足音もいつもよりかろやかなものになっていた。

「ここがお話ししていたお店、彩日堂《さいじつどう》です」

「まああ！　ここがそうなの！」

そうして店の入り口にたどりついた八千代は、まるでこどものように目を輝《かがや》かせていた。

「すごく素敵やわぁ……こんなに素敵なお店があることをずっと知らへんかったなんて、ずいぶんともったいないことをしてたわ」

八千代の喜びようを見ている明日香も嬉しくなってくる。

すると、お客様が来たことに気づいたのか、千手がちょうど店の中から出てきた。

「お帰りなさい、明日香さん」

「はい、ただいま帰りました」

「そして、そちらの方は……？」

千手は明日香の隣にいた八千代に視線を向けた。

「この方は八千代さんです。お店の前で困っているようだったので、私がお店に寄っていきませんかと声をかけたんです。その、気づけばお店の前にいたらしくて」

「国見八千代です。お仕事中やのに、突然ごめんなさいね」

千手は八千代をじっと見ていたかと思うと、引き戸を大きく開けた。

「よかったら、中へ。そのほうがゆっくり話も聞けると思うので」

「ありがたいわ。どうしよかと思って、ほんまに困っていたから」

八千代に続いて、明日香も店の中に入り、テーブルについた。

今日はまだお客様は来ていなかったため、テーブルの上にネイルの道具は一切なく、知らない人からすれば和風のカフェのように見える。

「どうぞ」

千手は八千代と明日香の前にガラスの湯のみを置いた。

中には冷たい麦茶が入っていて、見るからに涼しげだ。

「疲れたでしょう。話の前によければ」

「おおきに」

「私にまでありがとうございます」

「いえいえ。僕がやりたくてやっていることなので」

八千代の隣で明日香が湯のみを傾けていると、八千代はニコニコと明日香と千手をながめていた。

「もしかしてふたりはお付き合いしてはったりするん？」

「っ、ごほっ！」

もう少しで明日香は麦茶を吹き出してしまうところだった。

「まあ、大丈夫？」

「ど、どうにか……」

「私、なにかおかしなことを言った？」

八千代はからかうつもりなどは一切なく、素直に思ったことを口にしただけなのだろう。ただ明日香からすれば、驚くには十分すぎる言葉だった。

「あの、八千代さん。私はただこの店で働いてるだけで……その、八千代さんが思われているようなことはまったくありませんから」

「あら、千手さん、そうなの？」

八千代はいまだに小さく咳《せ》き込む明日香の背中をなでながら、今度は千手にたずねた。

「はい。それに明日香さんのような人に、僕のようなものはもったいないどころか、あまりにも不釣《ふ》り合《あ》いですから」

いつもとなにも変わらない、おだやかな口調で答える千手に、明日香は胸の奥が少しだけ苦しかった。

(私は千手さんになんて答えてほしかったんやろ……)

そんな明日香の苦しさをやわらげるように、八千代は優しく手のひらでとんとんと背中を叩《たた》いてくれた。

「ごめんなさいね。あなたたちが素敵な人で、それでいて仲が良さそうに見えたものやから、つい……そういうことを軽々しい言うたらあかんのにね」

「いえ、私こそびっくりしすぎて、すみません」

「それで国見さんの話を」

「八千代さんと呼んでちょうだい。そう呼ばれるほうが好きなの、私」

「わかりました……では、八千代さんの話を聞かせてもらえますか。どうして店の前に来ていたか、なにか少しでも思い出したことはありませんか？」

「どうして……」

八千代は膝《ひざ》の上で上品に組まれた手を見て、パッと顔を上げた。

「そうや、指輪……！」

「指輪ですか？」

「ええ、私、ずっと指輪を探してて……気づけばこのお店の前にいたのよ。でも、どうして大事な指輪のことを忘れてしもてたんやろ？」

八千代は心底信じられないと言いたげな顔をしていた。

「その様子だと、八千代さんにとって、よっぽど大事な指輪なんですね」

「ええ。和彦《かずひこ》さん、五年前に亡くなった私の夫からプレゼントされたエメラルドがついた指輪でね。肌身離さずつけていたんやけど、なくしてしまって……私にはあの指輪がないとあかんのに」

なにもない左手の薬指をさみしそうになでながら、八千代は千手と明日香を見た。

「初めて会ったばかりのあなたたちに、わがままを承知でお願いするわ。どうか一緒に指輪を探してもらえへんやろか」

お願いしますと八千代は深々と頭を下げた。

（一緒に指輪を探してあげたい、けど……）

まだ客が来ていないだけで、今日も店は開いている。

八千代の指輪を探すには店を閉める必要がある。

さすがに店の休みに関することを明日香が軽々しく答えるわけにはいかず、明日香は千手の答えを待った。

「……わかりました。僕たちが、一緒に八千代さんの指輪を探しますよ」

「ほんまに?」

「ええ。明日香さんもそれでいいですか?」

「は、はい、もちろんです」

こうして明日香と千手は八千代と一緒に指輪を探すことになった。

※　※　※

「ごめんなさいね、わざわざお店を閉めてもろうてまで、こんな年寄りに付き合わせて……」

「いえ、うちの店に八千代さんが来られたのもなにかの縁ですから。それに店のことなら大丈夫なので心配いりませんよ」

お店にはシバさんに留守番として残ってもらうことになった。

お客様が来た時やなにかあった時は、明日香のスマホにすぐ連絡が来ることになっている。ちなみに、連絡する先が千手ではなく、明日香のスマホになっているのは「千手だと不安だ」というシバさんたっての希望によるものだった。

(てっきりシバさんも一緒に行くって言うと思ってた)

シバさんは明日香の予想に反して、有名な喫茶店のアップルパイのお土産と引き換えにではあるものの、あっさりと留守番を引き受けてくれた。

「それで、指輪をなくした心当たりのある場所が東山《ひがしやま》なんですね」

「和彦さんとの思い出の場所でね。私もよくこのあたりに来てたのよ」

ただ東山とひとことで言っても、範囲は決して狭くはない。

しかも観光客が多い場所のひとつでもあり、人通りの多い中で指輪を探すのは難しい。

(もう少し場所が絞《しぼ》り込めたらいいんやけど)

さらに、八千代は元気とはいえ、高齢だ。

あまり長時間歩かせないほうがいいようにも思う。

(けど八千代さん、すごく元気だな)

きらきらした笑顔もそうだが、着物に足元は草履《ぞうり》と、歩きやすいとは言えない格《かっ》好《こう》であるにもかかわらず、歩みが遅くなるようなことはまったくない。

「じゃあ、八千代さんの思い出の場所に、僕と明日香さんを連れていってくれませんか」

それはあまりに途方もないように思えてしまい、驚いた明日香は千手を見た。

千手はふだんと変わらない様子ではあるものの、まるでなにかを観察するかのように、じっと八千代を見ていた。

もしかすると千手なりになにか考えがあるのかもしれない。

「思い入れのある指輪なら、もしかすると思い出の場所にあるかもしれませんから」

「そうねぇ……じゃあ、お付き合いしてもらえるやろか?」

「もちろんです。ね、明日香さん」

「はい」


それから千手と明日香は八千代に連れられて、こどもたちと一緒に行った動物園、和彦と何度も訪れた美術館など、八千代が思い当たる場所に赴いた。

しかし、どの場所にも八千代が探している指輪はなかった。

さすがに歩き通しで明日香は疲れてきたが、それよりも、千手が疲れたような表情を時折見せていることが気になった。

「あの、千手さん、大丈夫ですか……?」

途中、飲み物を買うためにコンビニに立ち寄った明日香は、ついてきてくれた千手に話しかけてみた。

「僕は大丈夫ですよ」

「……すみません。私には大丈夫そうに思えなくて。余計なお世話かもしれないですけど、千手さんが時々疲れたような、不安そうな顔をしてはるんが心配で……」

それを聞いた千手は少し驚いたように明日香を見た。

「あのっ、私の勘違いだったら、それでいいんですけど」

「いえ、まさか自分がそんなふうに誰かに心配してもらえることがあるなんて思ってなかったもので、少しびっくりしてしまって……ありがとうございます」

おそらく、千手がこの店を始める前までのことが関係しているのだろう。

しかし、その時のことを千手から語られたのは、店で働かないかと言われた時だけだ。気にならないと言えばうそになってしまう。

けれど話すか話さないか、それを決めるのは千手自身だ。

（それに私に話す必要もないことやし……）

さみしく思ってしまうが、明日香は店のスタッフでしかない。そしてただの人間でしかない明日香に、千手のことを理解できるとも思えなかった。

「少し不謹慎《ふきんしん》ですが、明日香さんにこうして気にかけてもらえることを嬉しく思ってしまいますね。もちろん明日香さんのことを心配させたいわけではないんですが」

「なら、教えてください。千手さんはなにを不安に思ってたんですか？」

「そんなに大げさなことではありませんよ。ただ、自分は指輪のひとつさえ探し出すこともできない存在なのだなと……事実を突きつけられて、改めてそう思わされました」

「でも、指輪が見つからへんのは、千手さんのせいじゃなくて」

そこまで言いかけて明日香は言葉を止めた。

こちらを見ているはずの千手は、明日香ではなくどこか遠くを見ているように感じられたからだ。まるでここではない、ずっとずっと、遠い場所を……。

「千手さん、あの……」

このままどこかに消えてしまいそうな気がして、思わず明日香は千手に手を伸ばした。

しかし、明日香の手が届く前に千手は身体の向きを変えた。

「行きましょうか。八千代さんも待っていると思いますし。買うものはこれだけで大丈夫ですか?」

「はっ、はい」

「じゃあ、お会計してきますね」

千手は明日香が持っていたお茶のペットボトルを手にすると、そのままレジに行ってしまった。

(今のって、もしかして、千手さんに避《さ》けられた……?)

明日香はそんな不安でいっぱいだった。

八千代はすでに周囲を探し終えていたようで、コンビニのそばに置かれているベンチにひとり腰をおろしていた。

黄緑色の着物に白いレースの日傘が本当によく似合っている。

同じように置かれている他のベンチは人で埋《う》まっているのに、なぜか八千代の両隣には誰もいない。

(もしかして八千代さんが私と千手さんの席を取っておいてくれたのかな)

「八千代さん、指輪はありましたか?」

「いいえ。残念やけど、ここでもないみたい……この通りも、和彦さんとよく一緒に歩いていた思い出の場所なんやけど……」

「そうですか。ここでもありませんでしたか」

千手がベンチに座ったのを見て、明日香もベンチに腰をおろした。

「八千代さん、あの、よかったらお茶どうぞ」

明日香はコンビニで買ったばかりの冷たいお茶のペットボトルを八千代に差し出した。

「おおきに。でもお気持ちだけいただいとくわ」

「そうですか……」

（八千代さん、暑くないんかな？）

　明日香は、夏の暑さのおとずれを予感させる生ぬるい風にうっすらと汗が浮かんでくるが、八千代と千手は汗をかいている様子もなく、とても涼しげだ。

　とくに八千代はしっかりと着物を着込んでいるにもかかわらず、汗ひとつなく涼しい顔をしている。ハンカチで汗を拭《ふ》いているところも見たことがない。

「振り回してしもうてるふたりには悪いとは思うてるんやけど、嬉しいわ。このあたりは和彦さんとの思い出がたくさんあって。こんなふうに足取り軽く歩き回ることができるやなんて、本当に何年ぶりのことやろ……思い出せへんくらい楽しくて仕方ないんよ、私」

　そこで一度言葉を切ると、八千代は日傘の影から右隣にいる千手を見た。

「僕がなにか？」

「ごめんなさいね、急に。あなたの横顔が和彦さんの若い頃にちょっと似てたから」

　八千代は千手を見ながら嬉しそうだった。

「和彦さんって、どんな人やったんですか？」

「とっても素敵な人。私よりも三つ年上やけど、いい意味ですごく大人でね。なにも知らなかった私にいろいろなことを教えてくれたわ」

八千代は頬をうっすらと染め、目を輝かせながら話し出した。

八千代が和彦と出会ったのは、両親が用意した見合いの席でのことだった。

当時、見合い結婚は決して珍《めずら》しいことではなく、八千代は、自分の両親が一向に結婚する気のない娘にしびれを切らしてもうけた席だと知っていた。

そして見合い相手である和彦も、自分と同じように結婚する気がないことを、八千代は席についた時から察していた。

見合いの席だからと、それなりの華やかな着物を着ている八千代に対して、和彦はお世辞《せじ》にも綺麗《きれい》とは言いづらい、よれよれのスーツ姿だ。

それも、見合いの始まる時間に少し遅れて、見合い場所である料亭に駆《か》け込んでくるというやる気のなさ。

始まる前からこんな具合では、この見合いがうまくいくはずがない。

そう思ったのは八千代だけでなく、八千代や和彦の両親も同じだったはずだ。

（こんな無駄《むだ》な時間、早く終わったらええのに……）

しかし、そんな八千代が和彦に興味を持つようになったのは、ふたりだけで庭をながめていた時のことがきっかけだった。

「和彦さんは結婚する気はないんですよね」

下手にごまかされるよりもはっきりさせておいたほうがいいだろうと、八千代は和彦に問いかけた。

「結婚する気がないというか、できないというか……まあ、端《はた》から見れば、結婚する気がなく、よくわからない学問に没頭《ぼっとう》している甲斐性《かいしょう》のない男に見えているんでしょうね」

和彦は正直に話しながら、困ったように頭をかいた。

「おかげで両親は、どうにかして息子を結婚させよう、結婚すれば甲斐性のひとつやふたつもできるだろうと、なぜか躍起《やっき》になっていますが……僕からしてみれば、なぜそういった考えに至るのだろうかと……自分の親であるとはいえ、正直このことについては理解に苦しみますね」

これまで見合いをしてきた男性からは返ってきたことのないような答えに、八千代はひどく興味をひかれた。

「ちなみに八千代さんは、結婚についてどのようにお考えなんですか？」

「……私も結婚する気はないんです」

「そうなのですか？」

「おかしいですよね、やっぱり」

「いえ、あなた自身の意思は優先されてしかるべきだと思いますが……」

　そこで和彦は続くはずの言葉を止めてしまった。

「思いますが……なんです？　そこまで言うたなら、最後までちゃんと言うてください」

「あなたのような美しい人ならば、引く手数多《あまた》ではないかと思ったものですから。それで驚いてしまいまして」

「……そうですね……たしかに結婚してほしいて言われたことは、何回もありました」

　八千代が見合いをするのは和彦が初めてではなかった。

「けど、その人たちは私やなくて、ただ素敵な奥さんがほしかっただけ……従順でおしとやかで可愛らしく、自分に花を添えるように笑い、それでいて甲斐甲斐しくお世話をしてくれる、そんな奥さんが。けど私は、そんなお人形になるんは、まっぴら御免《ごめん》！」

　八千代のこの考え方は、のちの世になると珍しいものではなくなるのだが、その当時はかなり変わった考え方と見なされていた。

　しかし八千代は、自分の考えを無理に曲げてまで結婚する気はなかった。

　その結果、八千代のその考えを知った男性は、八千代を変わり者と言い、この見合いはなかったことにしてほしいと、まるで珍妙《ちんみょう》な動物から逃げるようにして八千代の元を去っていくのだった。

だから八千代の考えを聞けば、どうせ和彦も今までの男性と同じように去っていくだろう。そう八千代は思っていた。

しかし和彦は、その場から去ろうとはしなかった。

それどころか、ふむ……と顎《あご》に手を当て、その場でなにかを考え始めてしまった。

(なんなんやろ、この人……)

まさか今度は八千代の方が珍妙な動物を見るような目を相手に向けることになるとは、思ってもみなかった。

「……あなたには先見の明があるようですね」

「えっ?」

八千代は驚き、和彦を見た。

和彦は真面目《まじめ》な顔のまま、話を続けていく。

「近い将来、女性も社会に出てバリバリと働いて、男性と肩を並べるのが当たり前になる日が来ます。ですが悲しいことに、今の時点でそのことを理解できる人があまりに少なすぎる。だからあなたの考え方が、さもまちがっているかのように言われてしまうのです」

「それはなんで？」

「理由としては、いろいろありますが……そもそも人はわからないことや変化を恐れる生き物ですからね。生き物の反応としてはまちがってはいませんが」

「でも納得できへん。まちがっていないなら、どうして私がおとなしく言われっぱなしでないとあかんの？」

「たしかに今の話は八千代さんからすれば、あなたばかりが我慢すればいいと無理を強いてしまうような、あまりにも理不尽《りふじん》なものでしたね。すみません」

和彦は自分の発言がよくなかったと八千代に頭を下げた。

「……では、こんなふうに考えて差し上げるのはどうでしょうか？」

そして頭を上げた和彦は真顔で、とんでもないことを告げた。

「このかわいそうな生き物は変化を恐れるあまり、きっと変化についていくことも進化することもできず、ひとりむなしく極寒の地で息絶えることになるのだろうなと」

八千代のにこやかな表情と、あまりに不似合いな言葉に明日香は困惑《こんわく》した。

「……それは、また独特な解釈というか、なんというか……」

（千手さんが反応に困ってる……！）

そんな千手を見るのは初めてだ。

しかし明日香もきっと困ったような顔をしていたのだろう。

「ふふ、いいんよ。やっぱり会ったばかりの人にいきなりそんなふうなこと言われたら、ふつうは困ってしまうもんやし」

八千代はいたずらが成功したこどものような、どこか得意そうな顔をしていた。

「でも、その時の私には、そう言ってのけた和彦さんがすごくかっこよく思えた。まわりの大人はみんな、そういうものやとか、私の考えがまちがっているとか、そんなふうに言う人ばかりで……まだ物わかりのいいほうやった私の両親ですらそうやったし」

そう話す八千代はとてもいきいきとしていて、まるでつい昨日のできごとを話しているかのようにも思える。

「私の考えを頭ごなしに否定しいひんかったんは、和彦さんが初めてやった」

そんな考えだからこそ、和彦もいつまでたっても嫁《よめ》をもらうことができず、言い方は悪いが、結婚できない余り者同士として八千代と和彦は引き合わされたのかもしれない。

けれど八千代にとって、この和彦との出会いは八千代の人生を大きく変えるものだった。

「ロマンチックすぎるかもしれんけど、運命の出会いなんていうんが、もしも本当にあるんやとしたら……私にとっては、きっと和彦さんとの出会いがそうやったんやと思う」

「素敵な出会いですね。なんだか憧《あこが》れます」

「あら、そう？　若いお嬢さんからそんなふうに言われると照れるわねぇ」

そう言いながらも、八千代は嬉しそうだった。

「結婚して、こどもが生まれてからも、和彦さんは変わらへんかった。優しくてかっこよくて、私やこどものことを大事にしてくれて……その頃、和彦さんは女学校で教鞭《きょうべん》をとってたもんやから、若い子にとられへんかてヒヤヒヤしてたわ」

「そうは言っても、八千代さんは和彦さんを渡すような人にはとても見えませんが？」

「それはそうやわ。だって絶対に若い女に、それも大人にもなっていないようなこどもに和彦さんを渡すものかって必死に頑張ったんやから。そんなふうに対抗する自分やって、こどもと変わらへんのに」

八千代は胸を張って答えた。

「和彦さんが若い子に手を出すことなんて絶対にないて思ってたけど、やっぱり不安で……。そんな時、和彦さんがうっかりお弁当を忘れてしまったことがあって」

当時のことを八千代は思い出しているのか。

思い出を語るその横顔は、さらに若々しく見えた。

「これはちょうどいい口実になる思って、牽制《けんせい》しがてら学校までお弁当を届けに行ったんやけど、いきなり数人の女学生に囲まれてしまったのよ」

「囲まれたって、怖くなかったんですか？」

「ぜんぜん」

八千代はほがらかに言うが、同じようなことを明日香がされたら、恐怖のあまりその場で固まることしかできないだろう。

「それに私は女学生時代にそういうことには慣れてたから。だから、こういうのは学生時代以来やわぁ、さてどうやって蹴散《けち》らしてあげよかしら……なんて思ってたくらいやから」

「は、はあ……」

どうやら八千代は今の上品でおだやかな雰囲気とはちがい、若い時は少々お転婆《てんば》だったらしい。

「そしたら『国見先生の奥様ですか？』『あの奥さん？』『本当にめっちゃ美人』『先生の奥さんて、実在してたんや』なんて女学生たちが寄ってたかって言い始めて。わけがわからんようになって話を聞いてみたら、和彦さんってば、私の話を女学生たちによう話してたみたいで……」

「なるほど。だから八千代さんは囲まれたというわけですね」

　それは女学生たちの、先生の奥様に対する純粋な好奇心《こうきしん》が招いた行動だった。

「ええ。ただ女学生に和彦さんをとられる心配はなくなったとは言うても、さすがの私も、自分のいいひんところでいろいろな話をされてるとは思わへんかったし、なにより恥ずかしくて……。その日帰ってきた和彦さんに女学生に囲まれた話をして、どうして私の話をするのかって聞いてみたの。そしたら和彦さんてば、なんて言うたと思う？」

「なんて言われたんですか？」

「本当は僕の大事な人がどれだけ素晴らしいかということを、会う人全員に自慢して回りたい。けれど、それをすると、あなたに恋慕《れんぼ》する者が出てきて、その者にあなたをとられてしまうかもしれない。そうなると僕は困ります。その点、私の生徒たちにはその心配がないので思う存分、あなたのことを自慢できますって、真顔で……もう、あの時は顔から火が出るかと思ったわ……」

　その当時のことを思い出したのか。

　八千代はパタパタと手のひらで顔を扇《あお》ぐ。

　あまりにも実直で、それでいて深い愛情が込められた言葉に、なんだか話を聞いている明日香まで恥ずかしくなってきた。

「和彦さんは八千代さんのことが、本当に大好きだったんですね」

「ええ。だから和彦さんにもらったこの日傘も着物も、ずっと大事にしてるのよ」

八千代は自慢するように、くるりと日傘を回してみせた。

「それに指輪も……もらったその日からずっと肌身離さずつけてたものなのに……それがいつの間にかなくなってるやなんて、信じられへん……これも私が年をとったせいなんやろか」

いまだに見つからない指輪のことを思い出してしまった八千代の表情は、暗いものになってしまった。

「一度、うちの店に戻りませんか。歩き続けてお疲れでしょう」

「でも千手さん、八千代さんの指輪が、まだ……」

「いいんよ、明日香さん」

八千代はすっと立ち上がった。

「ふたりにここまで付き合ってもろて、こんな年寄りの話を聞いてもらうことができて本当に楽しかったわ。けれど、いつまでもふたりに迷惑はかけられへんから」

「かわりにはなりませんが、店に戻ったら、ぜひ僕にネイルをさせてもらえませんか?」

千手からの突然の提案に、八千代はひどく驚いていた。

「いいのかしら？　付き合ってもらった上に、ネイルまでしてもらえるやなんて」

「もちろんですよ。これもなにかのご縁ですから」

「ほな、お願いしよかしら」


店に戻ると、シバさんは明日香たちが帰ってくることがわかっていたのか。ネイルをするのに必要な道具が揃えられ、シバさんは姿を消していた。

「ありがたいですね。これですぐにネイルを始められます。どうぞこちらへ」

「どうぞ」

「ふふ、おおきに」

明日香が椅子《いす》を引くと、八千代は慣れた様子で椅子に腰をおろした。

もしかすると和彦もよくこうして八千代のために椅子を引いてあげていたのかもしれない。

「うちの店ではお客様のイメージに合わせた色を僕のほうで選ばせてもらっているのですが……八千代さんの色は、この色以外はないと思います」

そう言って千手が持ってきたのは、八千代が着ている着物とよく似た緑色、そして金色と銀色のマニキュアのボトルだった。

「こちらは翠玉《すいぎょく》色になります。八千代さんのイメージにぴったりかと」

「まあ、綺麗な緑色ね。ぜひこの色でお願いできるかしら？」

「わかりました。では、ネイルを塗《ぬ》る準備をしていきますね」

そうしていつものように千手は手のケアを始めていく。

「ちなみになんですが、指輪はどんな形だったのですか？」

「四角いエメラルドのついた金色の指輪でね。エメラルドは少し小さめで、長方形のように四角い形にしてあって。私は丸よりも四角のイメージがあるからて言われたけど、今考えたら失礼や思わへん？」

「和彦さんは本当に八千代さんのことを理解されていたのだなと思いますね。八千代さんもその指輪を気に入っていたのでしょう？」

「それはもちろん。だからずっと指につけてたんやし。あとは指輪に蔦《つた》のような模様が彫《ほ》ってあったわ」

「なるほど……教えていただき、ありがとうございます」

そんな話をしているうちにケアが終わって、ベースコートも乾いた。

「では、塗っていきますね」

千手はすべての手に翠玉色を塗っていく。

「私は昔の人間だから、こうして爪《つめ》を塗るのは初めて」

ネイルが塗られていく様子を八千代は楽しそうに見ていた。

「古い時代には爪紅《つまくれない》と呼ばれた紅《べに》があったんですよ」

「紅という字がついているってことは、赤色のネイルやったんですか？」

「明日香さんの言うように、最初は植物から作られた染料《せんりょう》で爪を赤く染めていましたが、爪を染める形から爪に塗料を塗る形へと変化していきました」

「そうなのね……そういうのがあったやなんて初めて知ったわ」

八千代は興味深そうに千手の話に耳を傾けていた。

「赤色の理由ですが、持ち込まれた紅花《べにばな》を用いて化粧品を作っていたためです。昔、貴族など位の高い者たちは額《ひたい》の中央などに紅で装飾をほどこしていたのですが、爪を赤く染めるようになったのは、その延長だとも言われています」

（そういう装飾をしていた時代って、飛鳥時代とかじゃ……）

そんなに古い時代からネイルのようなものがすでにあったとは知らなかった。

「それやったら、私なんかが昔の人間やなんて言ってたら駄目《だめ》やねぇ」

「ふふ、そうですね。一通り塗り終わりましたので、あとは」

千手は筆に金色のネイルを取ると、つややかに輝く翠玉色の左の薬指の爪の根元のほうになにかを描いていく。

少しずつ形作られていく線は蔦となって、ネイルをさらに彩《いろど》っていく。

八千代はその様子をじっと見ていたかと思うとつぶやいた。

「……そう……そういうことやったん……」

「気づかれましたか?」

「ええ、たった今……」

「わぁっ……これって、さっき八千代さんが話していた指輪の模様ですよね」

八千代の爪はグリーンで彩られ、左手の薬指には金色で指輪を模《も》したような模様が描かれていた。

「八千代さんからお話を聞いて指輪をイメージしたネイルです。大切な指輪のかわりにはなりませんが、せめてもと思いまして」

「いいえ……とっても素敵……」

八千代は手をかざして、まぶしそうに目を細めて千手がほどこしたネイルを見ていた。

「よかったですね、八千代さん」

「ええ、本当に……それにこれやったらどこに行っても、なくす心配がないもの」

「どこに行ってもって……これからどこかに行く予定があるんですか?」

「そうやねぇ……」

八千代は指輪があったはずの左手の薬指を手でさすりながら言った。

「行くというよりもいかなあかん……て言うたほうがいいかしら」

「……八千代さん？」

ほがらかな笑みはこれまでとなにも変わりないが、八千代のまとう雰囲気がどことなく変わってしまったのを明日香は肌で感じ取っていた。

「ねえ、そうなんでしょう、千手さん？」

八千代の問いかけに千手は答えるかわりに、いつものお客様と同じことを言った。

「……よければ、仕上げにオイルを塗ってもよろしいですか？」

「せっかくやしお願いしたいとこやけど、やめとくわ」

「どうしてか、理由を聞いても？」

「あなたみたいな素敵な人に手ずからオイルを塗ってもらったなんて和彦さんが知ったら、きっと嫉妬《しっと》すると思うから……わかりやすいようで嫉妬すると意外と面倒《めんどう》くさいの、あの人って」

面倒だと口では言いながら、八千代は笑っていた。

「なるほど……では、やめておきましょうか。僕としても、仲睦《なかむつ》まじいおふたりの仲を壊《こわ》すようなことをするのは忍《しの》びないので」

「ふふ、ごめんなさいね」

「いえ、それにちょうどいいタイミングでもあるので」

そこにリンと鈴《すず》の音が響き、引き戸が静かに開いた。

「まったく、千手はシバさん使いが荒いんだぞ！」

「すみません。お願いできるのがシバさんしかいなくて……おみやげにアップルパイの他にオペラも買ってきましたから」

それはコンビニをあとにして店に帰る途中に立ち寄った喫茶店で、シバさんのために購入したものだ。

「な、なら、しょうがないんだぞ。こういうこともあるからなっ！」

アップルパイとオペラの言葉に、シバさんは目を輝かせた。

「お帰りなさい、シバさん。あの、一体どこに行ってたんですか？」

「ただいまだぞ！　シバさんは人探しに行ってたんだ。千手に頼まれてのう」

シバさんの言葉に続くように店に入ってきたのは山高帽子《やまたかぼうし》をかぶったスーツ姿の男性だった。

年齢《ねんれい》は八十歳近くに見えるが背は高く、背筋もシャンと伸びているからか。

年齢よりも若々しい印象を受ける。

男性は慣れた手つきで帽子を脱《ぬ》ぐと、明日香たちに向かって挨拶をするように頭を下げてみせた。

「大変だったんだぞ。心当たりのある場所がありすぎる上に、気配もあちこちに残ってるから、それをたどって追いかけて……まったく、骨が折れたぞ……」

「だからこそ、鼻が利くシバさんにお願いしたんですよ。ありがとうございます、おかげで助かりました」

「あの、千手さん、そちらの方は一体」

「和彦さん……？」

八千代は驚いたように和彦を見ていた。

そして、それは明日香も同じだった。

（でも和彦さんは、たしか数年前に亡くなったって、八千代さんが……）

説明を求めるように千手に目を向ける。

千手はなにも言わずに、ただうなずいただけだった。

「どうして、和彦さんが、ここにおるん？」

「どうしてもこうしてもありませんよ、八千代さん。もしかして忘れてしまいましたか？」

和彦は少し困ったように笑った。

「八千代さんが僕に言ったんでしょう。私のことを迎えに来てくださいねと。最期を迎える時には、たとえ私がどこにいたとしても必ずですよ、と」

「ええ、そう……そうやったわ……私は、やっぱり……」

「八千代さんは自分が亡くなっていることに、やはり気づいていませんでしたか」

八千代は静かにうなずいた。

「自分が死んでるんやって気づいたんはネイルの終わり際。そして今、ようやくぜんぶ思い出したわ……あなたは私が死んでいると、いつから気づいて……？」

「明日香さんがあなたを店に連れてきた時からです。明日香さんが初めて気づいてくれたと言っていましたが、着物姿の年配の女性がしゃがみこんでいて、誰も気づかないはずがありませんから」

（言われてみれば、たしかに……）

明日香以外に誰も八千代のそばを通りがかっておらず、さらに誰もしゃがみこんでいる八千代に声をかけないとは考えづらい。

「それにベンチでも、あなたの両隣には誰も座ろうとしなかった。他のベンチは混んでいて、座りたそうにしている人がいたにもかかわらずです……なんとなくですが、そこになにかがいると感じ取って、無意識に避けていたのでしょうね」

八千代がすでに亡くなっているとわかってから振り返ってみると、たしかにおかしなところはいくつもあった。

明日香しか店の前でしゃがみこむ八千代に気づかなかったこともそうだが、汗ばむ陽気にもかかわらず汗ひとつかかず、疲れた様子もまったくなかったこと。

そして八千代は一切飲食をしていないこと。

どうして今まで気づくことができなかったのだろう。

「あら、てっきりこんな私の隣に座るから緊張するからやと思ってたんやけど、ちがったのね」

すぐ目の前でこうして明るく笑っている八千代がすでに亡くなっているなど、明日香には信じられない。

どうすればいいのかわからず、ただ立ち尽《つ》くすしかなかった。

「……明日香さん」

そんな明日香に気づいた八千代は、そっと明日香の手をとった。

八千代の手は体温がなくて、それでもやわらかで。

ふしぎとあたたかさを感じて、無性に泣きたくなった。

「ごめんなさいね。なんだか優しいあなたをだますようなことになってしまって……でもね、私もついさっき思い出したの。あぁ、私はもう死んでるんやって」

「だますなんて、そんなこと思わないです……ただ、私、ぜんぜん気づかへんくて……大事な指輪も結局見つけられへんままで……」

これ以上、なんと言えばいいのか言葉が出てこない。

もしも途中で気づけていれば、なにかが変わっていたのだろうか。

しかし気づいていたとしても、八千代が死んだという事実は決して覆《くつがえ》ることはない。そのことがわかっているからこそ悲しかった。

「本当に優しい子やね……でも私はまちがいなく死んでいるのよ。どんな最期やったかもはっきり思い出せたわ」

八千代はなぐさめるように明日香の肩を優しく抱《だ》き寄せた。

（あったかい……）

八千代が亡くなっているとは、やはり信じられなかった。

「病院のベッドの上で、まわりにはこどもや孫たちがいて……もうずいぶんとおしゃれなんてしてへんし、和彦さんとよく行っていた思い出の場所にも行ってない。ずっとつけてた指輪のかわりに、ついてるのはようわからん機械で……あぁ、またあの時みたいにおしゃれして、和彦さんとの思い出の場所を歩きたいわぁって。そんなことを思いながら目を閉じて……次に目を開けたら、あの場所にいたの」

なにかのまちがいではないかとさえ思うが、すべてを思い出した八千代はおだやかな笑みを浮かべて、自分の死を受け入れた様子だった。

「血のつながりもなにもない、年寄りどころか死んだ人のわがままに付き合って振り回されただけやのに、そんなふうに心を砕いてくれるやなんて」

「ありがたいことですね。指輪のことなら心配いらないですよ」

和彦はスーツのジャケットのポケットに手を入れると、なにかを取り出した。

その手には八千代がずっと探していた指輪があった。

「まあ！　あなたが持ってたん？」

「いいえ、八千代さんがずっと肌身離さず持ってくれていましたよ。最期を迎える数日前までずっと左手の薬指につけてね」

「じゃあ、どうして和彦さんがその指輪を持っているの？」

「僕が回収してきたんです。棺《ひつぎ》に八千代さんを納めた際に指輪をはめてくれたのですが、指輪は一緒に燃やすことはできないと説明を受けた息子たちが、あとから一緒に納めようと外してくれたようで。そうでもしないと八千代さんは私の大事な指輪をどこにやったの、今すぐ私に返してちょうだいって枕元に化けて出てきて騒ぎ立てそうだと言ってましたよ」

「そうだったのね……和彦さんが持っていたなら、どうりでどこを探しても見つからないはずだわ。でも化けて出るだなんて失礼やわ」

「でも、このまま指輪が見つからなかったら、八千代さんはこどもたちのところに化けて出るつもりだったのでしょう？　私の大切な指輪をどこにやったのよと」

「それはもちろんよ。だって和彦さんからもらった大事な指輪なんやから。でもあなたが持っていたなら、ちゃんとわかるようにしといてもらわへんと。昔から和彦さんは言葉が足りないって言うてたのに」

すぐさま答える八千代を和彦はまぶしいものを見るような目で見ていた。

「八千代さんのそういうところは、初めて会った時から変わっていませんね」

「あら、そういう和彦さんだって変わっていないわよ。約束していた時間にギリギリ間に合わずに遅れてくるところとかも、あの頃のまま」

八千代と和彦は顔を見合わせて笑い合った。

「もう一度、八千代さんの指に、指輪をはめさせてもらってもいいですか？」

「ええ、もちろん。和彦さん以外の誰かから指輪をもらう予定なんて、私にはないんやから」

和彦が左手を取ると、ゆっくりと薬指に指輪をはめていく。

「エメラルドの宝石言葉は幸福・幸運……八千代さんによくお似合いですね」

「和彦さんが選んでくれた指輪やから。似合うに決まってる」

指輪はぴったりと八千代の指に納まり、あるべき場所で美しく輝いている。

「待たせてしまってすみませんでしたね、八千代さん」

「和彦さんが約束通り、こうしてちゃんと迎えに来てくれたから許してあげる」

八千代が和彦の腕に手をかけると、和彦は八千代をエスコートするように店の引き戸のほうへと歩き出した。そのふたりの姿は、まるで結婚式のバージンロードを歩く新郎と新婦のようだった。

シバさんがふたりのために静かに引き戸を開ける。その扉の先には光があふれていて、まるでふたりの門出を祝っているように見える。

扉をくぐる前に八千代は足を止めると、明日香たちのほうを振り返った。

「おおきに。和彦さんにこうして迎えに来てもらうことができたのは、皆さんのおかげよ。明日香さん」

「はい……」

「あなたは本当に優しい人やから。その優しさを他人だけやなくて、あなた自身にも向けてあげて。時には優しすぎるだけではあかんの。そして千手さん」

「はい」

「おおきに……やなんて、あなたのような方にこんなことを言うのは恐れ多いかもしれへんけれど……他のなんでもない、千手さん自身に感謝しているから。おおきにて言わせてもらうわ」

「あなた、気づいてたんですか……？」

八千代の言葉に千手は一瞬驚いたように目を丸くするが、八千代はまったく動じることなく笑みを浮かべているだけだった。

「長く生きていると、良いことも悪いことも……いろいろなものを見る機会も多くて、その分、悩むこともあると思うけれど。だけど、そんなあなたに救われている人がいることも、そしてあなたのそばにいる人のことも……どうか忘れんといて」

「シバさんもありがとうございました。おかげでこうして八千代さんとの約束を果たすことができました。僕にこうして大切な約束を守らせてくださって、本当にありがとうございます」

和彦は律儀《りちぎ》にシバさんに向かって頭を下げた。

「べつにいいんだぞ。大切な相手と、もう離れないようにな」

「ええ、もうこの手を決して離しはしませんとも」

和彦は八千代の手をぎゅっと握り締めた。

その手を同じように八千代も握り返し、ゆっくりと扉をくぐった。

扉の先にはふたりの姿はなく、ただ太陽の光に照らされ、空に向かう光がしばらくの間、ただよっていた。

「ふたりは、一緒に旅立たれたんですね……」

「まっすぐあるべき場所に向かっていったんだぞ」

明日香とシバさんは扉から顔を出し、空を見上げた。

そこには和彦と八千代の姿もなにもなかったが、八千代が持っていた日傘の白いレースに似た雲が流れていった。

それはまるで和彦と八千代が一緒に空へのぼっていくことができた証《あか》しのように、明日香の目には映った。

そんな明日香の後ろから千手も同じように空を見上げた。

「よかった……彼女には手を伸ばしてくれる人が、手を握り返してくれる人がいたんですね」

そう言った時の千手がどんな顔をしていたのか、見ることはできなかった。

千手の表情を見る勇気が、今の明日香にはなかったのだ。

どうにか明日香が振り向いた時には、すでに千手はこちらに背中を向けてしまっていた。

「さて、歩き回ってお腹がすきましたね。シバさんもお腹がすいたでしょう。お土産に買ってきたアップルパイとオペラですが、好きなのを選んでいいですよ」

「本当か？　じゃあ……どっちもがいいんだぞ！」

「それじゃあ、選んだことにはならないじゃないですか」

ふだんと変わらないシバさんとのやりとりだが、明日香には千手がなにかを自分のうちに飲み込んでしまったように思えた。

「せめてアップルパイとオペラ半分こにしましょうか」

「半分こかぁ……むぅ、ケチ……」

「聞こえてますよ、シバさん。どっちかひとつだけにしてもいいんですよ」

「ま、待て！　半分こで、どっちもがいい！」

「千手さん……あの……」

意を決して明日香は手を伸ばした。

しかし……。

「ねぇ、明日香さんだって、せっかくなら両方食べたいですよね」

千手は振り返りざまに、明日香の手から遠ざかったように見えた。

「……」

（やっぱり千手さんに避けられてる……でも、どうして……）

「そう、ですね……せっかくなら……」

その言葉は出てこず、明日香はあいまいに笑ってみせることしかできなかった。

千手が避けたのは、明日香にはふれられたくないということだ。

（優しいだけでは駄目、か……）

八千代からの言葉を明日香は思い出す。

しかし千手のやわらかな部分に手を伸ばしてふれるだけの勇気は、今の明日香にはまだなかった。

第5話

群《ぐん》青《じょう》色

八千代《やちよ》を見送った翌日、明日香《あすか》はいつものように店に向かっていた。

しかし脳裏《のうり》に浮かんでくるのは、千手《せんじゅ》に避《さ》けられてしまったことだ。

（やっぱり私なんかが、千手さんのことを知ろうとするのは無理があるんかな……）

明日香は二十数年しか生きていない人間で、一方千手は、元神様で人間ではない。

見た目は三十歳くらいだが、おそらく明日香の何十倍も長く生きているはずだ。

しかし、時折見せる千手の不安そうな表情は、明日香たち人間となにも変わらない。

（なにがあって、神様をやめたんやろう）

素直にそうたずねることができれば楽なのかもしれないが、そのことを千手に問いかけるだけの資格が果たして明日香にはあるのだろうか。

もしも、それで千手に拒《こば》まれてしまうことがあっては、明日香は立ち直れそうにない。

（それに、そのことを聞いて楽になるのは、私だけな気がするし……）

そもそも千手の話を聞いて、少しでも千手の不安を軽くしたいなどと思っているのは明日香の思いあがりではないか。

そんな不安がよぎる。

（……あれ？　あの子は……）

店に続く門が見えてくるが、その前にはひとりの少年が立っていた。

その少年には見覚えがある。

先日も千手の店を訪れていたあの少年だ。

その時と同じように白の剣道着に紺《こん》色の袴《はかま》をはき、背中には袋に入った竹刀《しない》を背負っている。

千手とシバさんはこの少年に対して警戒していたようだが、無視して店に入るのも気まずい。

「あの……千手さんになにか御用《ごよう》ですか？」

「そうだ」

少年は勝気そうな表情を崩《くず》さないまま、明日香を見上げる。

青みがかった少しふしぎな色をした瞳《ひとみ》は真夜中の空を思わせた。

「そもそも用がなければ、ここに来るわけがないだろう」

勝気なのはどうやら表情だけでないらしく、少年はじっと明日香を見上げて、目をそらすことはなかった。

「千手さんなら、店にいると思うので」

そう言っても少年はその場から動こうとしない。

(もしかして……)

「あの、どうぞ……?」

明日香が店へと続く門を開けてやると、少年は礼も言わずに門をくぐり、ずんずんと店のある奥へと進んでいった。

(今のは余計なお世話やったかも……)

あれくらいの年齢《とし》のこどもは自分でなんでもやりたがると聞いたことがある。

少し反省しながら、明日香も少年に続いて店に向かった。

先に店の入口についた少年は先程と同じように、なぜか店の中に入ろうとはせず、明日香が来るのをじっと待っていた。

「中に入らないんですか?」

「入れてもらえないか」

(それは私に開けてほしいってこと?)

見たところ身長が届かないというわけでもなく、この戸が特別に重いわけでもない。

自分でもできそうなことを、なぜわざわざ明日香に頼むのだろう。

ふしぎに思いながらも、明日香は店の戸を開けた。

「おはようございます。明日香さん」

「おはようございます。あの千手さん、この前、お店に来ていた子がまた来てまして」

「この前……っ！」

明日香の言葉を聞き、少年の姿を視界に入れた千手の表情が急に険《けわ》しいものになった。

「どうして、またここに……」

「この前のものとはちがう結界を張っていたようだが、俺が自分で門や戸を開けなければいいだけの話だ。どうしたものかと思っていたところに、ちょうどいいのが来てくれたからな」

少年は明日香を見て、ほくそ笑む。その表情はとてもこどものようには見えず、明日香の背筋に冷たいものが走った。

（この子、なんなん……？）

明日香が抱《いだ》いた感覚は、なにか得体のしれないものを前にした時と同じものだった。

「そんなに怖い顔をするな、千手。この姿形について不平不満は多々あるが、こうしてうまく利用すれば、それなりに便利なものだ。俺がこの姿を利用するのと、そのものを利用するのになにも変わりはない」

「利用って……」

「なんだ、心外だとでも言いたげな顔をしているな」

少年はじろりと明日香をにらむ。

「だが、それ以外のなにがある？　そもそもお前はあいつのなんだ？」

「私はこの店のスタッフですけど……」

少年は明日香の頭から足の先にまで不躾《ぶしつけ》に視線を巡《めぐ》らせると、ハッと馬鹿《ばか》にしたように笑った。

「ただの人間の女ではないか。あいつと働いているなら、てっきり人間なりになにか特別な力や優れた能力でも持っているのかと思ったが」

ギロリと目が光ったように見え、知らず知らずのうちに明日香の身体が震《ふる》えた。

そんな明日香をかばうように千手はふたりの間に入ると、明日香を自らの背中にかばった。

「あいかわらずのようですね、不動《ふどう》」

「ようやく俺の名前を呼んでくれたな、千手よ。てっきり俺の名前など忘れてしまったのかと思っていたぞ？」

名前を呼ばれた少年、すなわち不動は嬉しそうに千手を見返すが、千手の表情は険しいままだった。

「あなたのような者の名前を、そう簡単に忘れられるはずがないでしょう」

「そうか……それよりも、千手。お前、正気なのか？」

「正気かというのは、どういうことですか？」

「そのままの意味だ。片割れのいない欠けた狛犬《こまいぬ》に、人間の女……そんな者たちと過ごすために、お前は神をやめて、この地に降ったというのか？　わざわざ力を失ってまで得たかったものは、こんなにもくだらないものだったのか？」

「――くだらない、と。今、どの口が言ったんですか？」

空気が凍《こお》りつくとは、まさにこのことだろう。

寒くはなく、むしろ少し暑いくらいのはずだというのに、身体の震えが止まらない。

（なに、これ……）

それは先程との比ではなく、本能的な恐怖から来るものだった。

いっそのこと、その場に崩れ落ちて、気でも失ってしまえれば楽かもしれないが、それはこの場の空気が許さない。

見えない糸が何本も張り巡らされ、少しでも動きをまちがえると、その糸で身体を一瞬のうちに切られてしまうような。

そんな緊張感と恐怖を生み出しているのは、明日香のすぐ目の前にいる千手だった。

「……もう一度聞きます。今、どの口がくだらないと言いましたか？」

不動は苦しそうな表情を浮かべてはいるものの、明日香のように動けないとまではいかないようで、千手に反論すべく口を開いた。

「くっ、なにを……なぜ、そんなに怒ることがある……俺はただ、本当のことを言ったにすぎない」

「そうですか……」

千手の手が不動へと伸びる。

（ちがう……あの手は……）

千手の背中からふしぎな輝《かがや》きをおびた半透明な手が何本も生えていた。

「残念ですね。あなたにはこうでもしなければ、話が通じないようです」

にわかには信じがたい光景ではあるが、その手が不動に向かって伸びていた。

「ま……まっ、て……せん、じゅ、さ……」

とっさに千手を止めようとするが、出てきたのは喉《のど》の奥からどうにか絞《しぼ》り出したような弱々しいものだった。

（どうしよう……どうしたら、千手さんを止められるん……）

——ワォォオンッ……!!

空気を引き裂《さ》くように犬の鳴き声が店の中に響きわたったのはその時だ。

「千手も、お前もそこまでじゃ！」

鳴き声の主はシバさんだった。

「シバ、さん……」

「大丈夫か、明日香？」

シバさんがすぐに駆《か》け寄り、その場に膝《ひざ》をついた明日香の背中を優しくさする。

「はっ、はい……どうにか……」

「しっかり息をするんじゃ。すまんな、こんな時に一緒にいてやれずに」

「い、いえ……」

(助かった……)

先程までの空気は霧散《むさん》し、ようやくまともに息をすることができたように感じ、明日香はゆっくりと深呼吸を繰り返す。

それでも身体の震えがやむことはない。

「ふん。たかが、これくらいのことでそのありさまとは。たいそうなことだな」

「お前、ここがどこだかわかっているのか？」

シバさんが見たことのない鋭《するど》い目で不動をにらみつける。

しかし不動は関係ないと言わんばかりに腕を組み、悠然とこちらを見返した。

「あぁ、わかっているとも。わかっているからこそ、俺はこうしてここにいるんだ」

「っ、お前というものは……！」

グルルと、怒りからうなり声を上げるシバさんを止めたのは千手だった。

「おい、千手、そこをどけ。さすがのシバさんも、もう我慢ならぬぞ！」

「シバさんの気持ちはわかりますが、落ち着いてください」

呼びかける千手は、その言葉で自分自身を落ち着けているように見えた。

「不動……」

「なあ、千手よ。元いたところへ戻ってこないか」

「なにを言うかと思えば」

「今なら、まだ間に合う。お前のいるべき場所は奥まった小さな場所などではない」

不動はまるで明日香たちのことなど見えていないかのように、千手に話しかけた。

「あなたは、なにを言っているんですか？」

「お前には十分すぎるほどの素質も力もある。素質や力がある者こそ、それを活かすべきだとは思わないか」

「まさか、あなたにそこまで僕の力を買われていたとは思いませんでしたね」

「ならば」

「悪いですが、僕は戻りません」

「……なに？」

「今も、そしてこれから先も、戻るつもりは一切ありません」

千手に申し出をきっぱりと断られた不動は、理解できないと言わんばかりに眉《まゆ》をひそめた。

「どうしてだ……なぜ戻らないなど、そんなことを言うんだ、千手よ！」

不動の言葉に空気がまた震えるのがわかった。

「どうしてもなにも。人間の世界に降る際、僕の力の根源を斬《き》ったのは他でもないあなたでしょう。手元が狂《くる》ったのか、まだ少し力が残っていますが」

「それは」

「それにいくら話をしたところで、きっとあなたには僕の気持ちはわかりませんよ」

「っ、わかるつもりもない！　こんなやつらとともにあることに、一体なんの意味があるという？」

不動はいまだに息の整わない明日香を見た。

こどもだというのに、その目はどこまでも冷たい。

視線があった瞬間、明日香は息が詰まりそうになった。

(こわい……)

明日香を支配したのは純粋な恐怖だった。

シバさんがそばにいてくれなければ、きっと耐《た》えることができなかっただろう。

「……いい加減にせぬか。これ以上、人間に害を及ぼすならば許さぬぞ」

シバさんはうなり声を上げ、不動を威嚇《いかく》する。

「ふん、片割れのいない欠けた狛犬が偉そうに。そうやって吠えたところで、所詮《しょせん》は無駄《むだ》吠《ぼ》えでしかないというのに」

「なんじゃと……?」

「いっそのこと、その人間の下で首輪をつけて飼われて、番犬にでもなればどうだ。そのほうが少しは役に立つはずだ」

「あまり勝手なことを言わないでくれませんか。シバさんも明日香さんも、僕にとってなくてはならない存在です。これ以上、勝手なことを言うのであれば……僕は決して許しはしません」

千手は不動をにらむが、不動はやはり平然としていた。

「なぜだ。俺は本当のことを言ったにすぎない。それにこんなところにいても昨日のようにロクなことがないだろう」

「――出ていけ」

これまで聞いたことのない低い声が千手から発せられたかと思うと、店の中に突然風が吹き荒れる。

（ちがう……風や、ない……）

風のように思えたものは、先程も目にしたあの手だった。

しかし、その手の数は数本から数十本にまで増え、それぞれの手に見たことのないような道具や剣を握《にぎ》り、明日香たちのまわりを何重にも、まるで蛇《へび》がとぐろを巻いているかのように巻き付いている。

そのあまりに現実離れした光景はどこか神々《こうごう》しくもあり、同時に言い知れない恐怖を感じるものでもあった。

しかしその手は明日香たちを決して害することはなく、むしろ明日香たちを不動から守ろうとしていた。

一方、不動のまわりを取り巻いている手からは、不動に対する明確な敵意が感じられ、手にしている剣先は不動に向けられていた。

「すごいな……これだけの力が残っているのなら、戻ってきてもなんの問題もない」

「聞こえなかったんですか。僕は今すぐ出ていけと、そう言っているんです」

「本当に戻ってくる気はないのか。お前こそ戻ってくるべき」

「――消え失せろ。今すぐにだ」

千手の言葉とともに不動に何本もの手が巻き付き、不動を覆《おお》い隠していく。

その腕が解かれていくと、不動の姿は跡形もなく消え失せていた。

「はぁ……」

千手はため息をつくと明日香とシバさんに向き直った。

「すみません、ふたりとも大丈夫ですか？」

「シバさん、やっぱりあいつ嫌いなんだぞ」

そう話すシバさんは落ち着きを取り戻したのか、いつもの口調に戻っていた。

「私も、だいじょう、で……」

立ち上がろうとするが身体にうまく力が入らず、そのまま床の上に膝をついてしまった。

「お、おい、本当に大丈夫なのか？」

「すみま、せん……ちょっと、立ちくらみが……して……」

心配そうに明日香をのぞきこむシバさんと千手の顔がぐにゃりと歪《ゆが》み、どこかでなにかが倒れるような音が聞こえた。

「明日香？　おいっ、しっかりせぬか！」

「明日香さん！」

床の上に倒れ込んだ明日香はそのまま気を失ってしまった。

※　　※　　※

（千手さんは、やっぱり神様なんや……）

ふわふわとした頭で明日香はそんなことを思っていた。

千手の話を信じていないわけではなかったが、正直あの姿を見るまではどこか実感が湧《わ》かずにいた。

突然あらわれた何本もの手を自在に操《あやつ》る千手は人間ではなかった。

古くからの知り合いらしい不動のあの口ぶりでは、千手には神様になるための十分な素質があったようだ。

千手のことが知りたいと。

そう思うのはただの好奇心《こうきしん》なのだろうか。

（それとも……）

そんなことを考えていた明日香の額《ひたい》にぽつりぽつりと、雫が落ちてくる。

目を開けてみると、明日香は山道に立っていた。

(……ここ、どこ?)

周囲を見わたしてみるが、今いる場所に見覚えはない。

山肌を見上げれば古いお堂があり、その下のほうには二股に分かれた木が立っていた。

なぜ、こんなところにいるのだろう。

「いたぞ!」

「あそこだ!」

「え?」

突然聞こえてきた声のするほうを見れば、そこには必死の形相をした男たちの姿があった。男たちが指さす先にいたのは、片側が崖の狭い道を進んでいく花嫁衣装を着たひとりの少女だった。
十五、六歳くらいだろうか。
男たちを見た少女はひどく怯《おび》えた表情を見せたかと思うと駆け出した。

一歩、二歩……少女が足を進めた時だった。

足をすべらせた少女の身体が傾き、宙《ちゅう》へと放り出された。

男たちの悲鳴を聞きながら、明日香はなにも言えなかった。

その場から動くこともできず、ただゆっくりと落ちていく少女をながめていた。

途中、少女は宙に向かって手を伸ばした。

その先にいたのは……。

（千手さん？）

明日香が知る姿とはちがい、長い髪をひとつに結び、幾重《いくえ》にも衣を重ねたような服装をしてはいるが、それはたしかに千手だった。

そんな千手に向かって少女は微笑《ほほえ》み、つぶやいた。

「私にも、必死に手を伸ばしてくれる神様がいたんだ……」

少女の声は、遠くにいるにもかかわらず明日香の耳になぜかはっきりと届いた。

涙を流しながら、それでも笑顔を浮かべて。

そのまま少女は深い木々の波へと落ちていった。

「なぜだ……なぜ……たったひとりを救うことすらできない……？」

はためく真っ白な花嫁衣裳の白と、あたりに響く千手の叫《さけ》びがひどく痛々しかった。

※　※　※

「明日香……しっかりするんじゃ、明日香！」

名前を呼ぶ声に目を開けると、そこにはシバさんの姿があった。

「私は……」

（立ちくらみがして、あのまま気を失って……）

シバさんに支えられながら、寝かされていたソファの上からゆっくりと起き上がっていくとブランケットがかけられていることに気づいた。

それはお客様に貸し出すために用意しているもので、おそらく千手がかけてくれたのだろう。

丁寧《ていねい》にブランケットをたたむ明日香をシバさんは心配そうに見ていた。

「具合はどうじゃ？　気分は悪くないか？」

「……はい、大丈夫です」

「そうか、とりあえず一安心だな」

シバさんはソファから少し離れたところにいる千手に声をかけた。

「こらっ、千手よ！　明日香が目を覚ましたんだぞ！　そんなところにいないでこっちに来ればどうなんだ。明日香に言うべきことがあるだろう！」

シバさんに言われた千手は伏《ふ》せていた顔を上げて明日香のほうを見たものの、すぐにまた顔を伏せてしまった。

「明日香さん、その、すみませんでした。明日香さんが倒れてしまったのは、僕のせいなんです……」

「いえ、あれは立ちくらみがしたからで、千手さんが悪いわけじゃ」

「人間があんな近い距離で神気《しんき》に当てられて、平気なはずがないんです」

「神気……？」

「神が持つ力の気配、一部のようなものです。人間にとっては神気だけでも強いものですが、まれに神気を通じて感情や記憶を伝えてしまうこともあるようで。明日香さんが気を失ったのは僕の怒りの感情が直接的に伝わってしまったからだと……」

　聞きなれない言葉に、千手が人とはちがうのだということを改めてくぎをさされたような気がした。

「すみません。こんなことになってしまって……明日香さんにも怖い思いをさせてしまいましたね」

「私は、そんなことは、っ……」

　千手の言葉を否定しようとした明日香だったが、それ以上は言葉がうまく出てこない。

　膝の上に置いた手を見てみると、先程のことを思い出してしまったせいなのか、小さく震えていた。

「……それが当然の反応です」

とっさに震える手を隠そうとしたが、千手に見られてしまった。

「ちがうんです、これは」

「明日香さんがいくら大丈夫だと言ってくれたとしても、一度しみついてしまった恐怖というものは、なかなか拭《ぬぐ》えるものではありませんから」

明日香はなんと言えばいいのかわからず、口をつぐむことしかできなかった。

「……目を覚ましたばかりの明日香さんにこんなことをお願いするのは大変心苦しいのですが……しばらくの間、店から出てもらってもかまいませんか」

「それは……」

(私は店にいたら、邪魔《じゃま》なん？)

続けたい言葉はうまく出てこなかった。

「誤解しないでください。明日香さんが悪いわけではないんです」

「なら、どうして……」

「……正直、まだ少し気が立っていまして。先程のように明日香さんが僕のせいで、また倒れてしまうようなことがあってはいけないので……」

「そう、ですか……」

ふたりの間に重苦しい空気が流れる。

その流れを断ち切るようにシバさんは明るく言った。

「明日香も千手も、なにも気にすることはないんだぞ！　悪いのはぜんぶあいつなんだからな！　なに、千手が落ち着くまでのことじゃ。またすぐにいつもの千手に戻るんだぞ！」

シバさんの明るい声と明日香の肩を叩《たた》く音だけが店内に響いていた。

「本当にすみません……」

「いえ、仕方ないですから」

明日香はゆっくりと立ち上がった。

先程のように立ちくらみが襲《おそ》ってこないことに安堵《あんど》しつつ、明日香は店の入り口へと向かった。

「じゃあ、しばらく出ていますね」

「なんならケーキでも食べて、ゆっくりしてくるといいんだぞ！　いつもの千手に戻ったらシバさんがすぐに連絡するからな！」

明日香を気づかってくれるシバさんに、明日香はどうにか笑みを作った。

「はい、お願いしますね……」

「いってらっしゃいなんだぞ！」

明日香が店をあとにするまで、千手は明日香のほうを見ようとはしなかった。

（時間をつぶすと言っても、これからどうしよう……）

観光客にまぎれながら、明日香は行くあてもないまま歩いていた。

観光地として有名な場所はいくつもあるが、今はあまり人が多いところには行きたくない。

そう思った明日香は一度も行ったことのない住宅地の中を歩いていた。

さすがに町屋のような家はないが、古くからの家が立ち並んでおり、時折こどもの楽しそうな声やテレビの音などが聞こえてくる。

こんな昼間に目的もなく、ぶらぶらと歩くのは会社をクビにされた時以来だ。数か月前のことだというのに、もっと昔にあったできごとのように感じてしまう。

（さっき見た夢……）

あれはただの夢というには、あまりにも現実味をおびていたように思う。

山の木々や雨のにおい、湿気のある生ぬるい空気。

そして深い緑の間に消えていく白……。

（あれは、もしかして千手さんが実際に経験したことなんじゃ……）

※　※　※

神気を通じて感情や記憶が伝わることがあると、千手は言っていた。

千手がかつて経験したことで、目にした光景があの夢なのだろうか。

そう思うと、明日香はなにも言えなかった。

（千手さんが神様をやめた理由は、あの子だったのかな）

「だから、俺はひとりでも問題ないと言っているだろう！　金ならばある！」

明日香の思考をさえぎるような声が聞こえてきた。

住宅地の先にある喫茶店の前で店員らしき年配の女性に一歩も引くことなく、物申しているのは不動だった。

「いくら金があると言っても、こんな小さな子がひとりではねえ」

「俺はこんな見てくれではあるが、こどもではない！」

不動は鋭さを増した目で年配の女性をにらみつけた。

「おーおー、自分の意見が通らずに怒るのは、こどもだっていう立派な証拠だ」

しかし年配の女性はひるむことなく、逆に不動を煽《あお》るようなことを言う。

「なっ！　たかが人間が、馬鹿にしてからに」

低くなった声に先程の店でのできごとを思い出す。

（このままじゃ……！）

気づけば明日香はとっさに不動と年配の女性の間に割って入っていた。

「あ、あのっ！」

「お前は、千手の店の……」

不動の不機嫌《ふきげん》そうな声が後ろから聞こえ、手が震える。

しかし、ここをどくわけにはいかなかった。

「すみません……この子、私の親戚《しんせき》の子なんです。うっかりはぐれてしまって、どこに行ったか探してたところやったんです」

「おい、なにを勝手なことを……」

突然あらわれて、自分を親戚の子呼ばわりする明日香に不動は納得していないようだったが、明日香もまさかこんなにすらすらと言葉が出てくるとは思わなかった。

不動と言い合っていた年配の女性はあっさりと明日香の話を受け入れてくれた。

「そういうことだったのかい……たしかに金は持ってると言っても、こんな小さな子ひとりっていうのも、どうしたもんかと思ってね」

「待て、こいつとは親戚関係などでは……」

「あんたも親戚のお姉さんと一緒なら、さっさと最初からそう言えばいいものを。くだらない恥《は》じらいなんてものはね、持っててもなんの得にもならないんだよ」

「すみません……」

「あんたが謝るとこじゃないよ。どうせ、その子が勝手にちょろちょろしてたんだろ」

「俺はそんなことはしていない！」

「ちょうど窓際の席が空いてるよ。さっさと中入りな」

「いえ、私は……」

「顔色が悪い。あんたに店の前で倒れられでもしたら、こっちも目覚めが悪いってもんだよ。遠慮《えんりょ》するのはいいけど、少なくとも今はその時じゃない」

言葉は悪いものの、明日香を心配していることは伝わってきた。

「ありがとうございます……」

店内に入るつもりはなかったが、そこまで言われて、さすがに入らないわけにもいかない。

幸いなことに財布《さいふ》は持ってきている。

ちらりと不動を見れば、不機嫌そうではあるものの、その場から立ち去る様子もない。

「……その、せっかくなので入りましょうか」

不動はなにも言わず店内に入り、明日香もあとに続いた。

先程言われた窓際の席に向かうと、不動は奥の席に腰をおろした。

向かいの席に明日香が腰をおろすと若い女性の店員がお冷やとメニューを持ってきた。

少し色あせたメニューを開いてみると、プリンやナポリタンなど、どこか懐《なつ》かしさを感じるようなメニューが並んでいる。

ふだんであればメニューをながめているだけでわくわくした気持ちになるのだが、向かいの席に不機嫌そうに座っている不動のせいで、今はとてもではないがそんな気持ちにはなれそうになかった。

「……あの、なにか食べますか？」

「そのつもりがなければ、わざわざ店には入っていない」

「そうですよね……」

不動の物の言い方は正直苦手だが、それを言ったところでどうにもならない。

逆に不動の機嫌を損ねてしまうかもしれない。

「なんだ、そのおかしな顔は」

「いえ……」

不動は、それ以上は明日香に興味がないと言わんばかりに、メニューに一通り目を通していくと注文が決まったらしく、パタンとメニューを閉じた。

「そうか。店員」

不動の声にこたえて席にやってきたのは、つい先程まで店先で不動とやりとりをしていた年配の女性だった。

「オムライス」

「オムライスがなんだい？」

「なんだいとは、どういうことだ？」

不動は言われている意味がわからないというように、心底ふしぎな顔をしていた。その顔は幼く、年相応に見える。

「あのねぇ、それはこっちの台詞《せりふ》なんだよ」

年配の女性は、はぁっと深くため息をついた。

「向こうから見てたけど、なんだい、さっきからその態度は！　いくら親戚のお姉さんだからと言っても、あんたの態度はあまりにも目に余るんだよ。それにあんたもあんただ！」

年配の女性にいきなり話を振られ、明日香はびくりと肩を揺《ゆ》らした。

「は、はいっ！」

「こういうのには、時にはガツンと言ってやることも大事なんだよ。だから調子に乗って、あんたにえらそうなことを平気で言うようになるんだ」

「お前、盗《ぬす》み聞きしていたのか？」

不愉快《ふゆかい》だと言わんばかりに眉をひそめる不動を年配の女性は鼻で笑った。

「人聞きの悪いこと言わないどくれ。こんな広くもない店の中にいちゃ、聞きたくなくてもいやでも聞こえるんだよ。それにあんたの話を盗み聞きするくらいなら、歌謡曲でも聴いてたほうがよっぽどマシってもんだ」

「俺がこいつにどういう態度を取ろうが、俺の勝手だろう。そうすることでお前になにか迷惑をかけているのか」

「ああ、迷惑ならかけられてるね」

「どう迷惑をかけたというんだ」

「不愉快なんだよ、この私が！」

「なっ……」

それは私情以外のなにものでもない理由で、さすがの不動も言葉を失っている。

しかし年配の女性はしごく真面目《まじめ》な顔で続けた。

「大体、さっきから聞いてれば、私に向かってもなんだい、その態度は。オムライスだお前だ……わたしゃ、オムライスやお前なんて名前じゃない、ちゃんと妙子《たえこ》っていう名前があるんだよ。そんなこともわからないのかい、このガキが！」

「ガ、ガキだと……この俺に向かって、ガキと……？」

「おや、なんだいその顔は。なにかまちがってるってのかい？」

名前を名乗った妙子は、平然と流れるように不動のことをガキ呼ばわりしてみせた。

さすがの不動もよく知りもしない人間から、まさかそんなふうに言われるとは思っていなかったのか。それなりにショックを受けた様子だった。

「ガキはガキで十分だ。少なくとも自分ばかりが正しいと思い込んで、まわりを下に見ているやつなんてのは、私から言わせてもらえば何歳だろうが、みんな等しくガキだよ。ついでに店員に偉そうな態度をとるやつもだ。まったく……自分が神様だとでも思ってんのかね」

「そうだと言ったら、お前はどうするんだ？」

「不動さんっ！」

よその店で先程と同じようなことをするのは、さすがにまずい。

明日香は思わず席を立つと身を乗り出して、不動を止めようとする。

しかし明日香が動くよりも妙子のほうが早かった。

「ふんっ、だとしても私がやることは決まってるんだよ、この馬鹿たれ！」

「いっ！」

妙子は手に持っていたメニューで不動の額を軽くぺしっと叩いた。

「あんた、竹刀背負ってるなら、剣道やってるんじゃないのかい。こんな剣道なんざやったこともないババアからの攻撃くらい受け止められなくてどうするんだい？」

「うっ、うるさい！　不意打《ふいう》ちをするような人間に言われたくはない！」

不意打ちとはいえ、妙子に額を叩かれることを許してしまったのは恥ずかしかったらしく、不動は顔を真っ赤にして怒っていた。

「やっぱりガキだねぇ、あんたは」

妙子は呆《あき》れたように不動を見た。

「いいかい。不意打ちみたいなことが当たり前のように起こるのが人生ってもんで、泣きわめきながらだろうがなんだろうが、それを乗り越えていかなきゃならないんだよ。今の痛みと一緒にちゃんと覚えときな」

妙子は奥にあるカウンターからできあがったオムライスがのった皿をふたつ運んでくると、不動と明日香の前に置いた。

「あと、さっきのあんたからの質問だけどね。少なくともうちの店に入ったなら、神だろうがなんだろうが客は客。私にとっちゃ、客はみんな平等なんだよ。だから駄目《だめ》なことは駄目だって言うし、注文されたものはしっかり届ける。そうやっていつもと同じように当たり前のことをしっかりこなす、それだけだよ」

聞いていて気持ちがいいくらいに妙子はきっぱりと言ってのけた。

「ほら、今日は特別に注文を通してやったけど、次からはちゃんと注文しないと通してやらないからね。そのお嬢《じょう》ちゃんにせいぜい感謝しておきな」

「余計なお世話だ。誰がこのようなものに感謝などするものか」

「そんなことを言うなら、注文くらい、ちゃんとひとりでもできるガキになるんだね」

妙子はそう言い残すと店の奥に引っ込んでいった。

明日香はとくになにも注文していなかったのだが、こうして明日香の分のオムライスまで用意してくれたのは、おそらく妙子なりの気遣いなのだろう。

「えっと……とりあえず、あたたかいうちに食べましょうか」

オムライスは薄く焼いた卵でごはんを巻いたもので、スプーンを入れると卵の中からは一口サイズの鶏肉と野菜を一緒に炒めたケチャップライスが顔をのぞかせた。

チキンライスと卵をスプーンにのせて、落としてしまわないようにゆっくりと口に運ぶ。

「おいしい……」

優しくもどこか懐かしい味とほんのりとしたバターの香りに、自然と顔がゆるむのがわかった。

向かいに座る不動を見ると、不動もちょうどオムライスを口へと運んだところだった。

「……っ！」

なにも言わなかったものの、一口食べた瞬間、目を見開いていた。

二口、三口と口に運ぶスピードが速くなっているところを見ると、このオムライスを気に入ったようだ。

「おいしいですか？」

「べつに……ただ、悪くはないな」

明日香にたずねられたのが恥ずかしかったのか。

不動は元のムッとした顔に戻ってしまったが、オムライスを運ぶ手を止めることはなかった。

（本当にこどもみたいだけど、この人も人じゃないんだ……）

こうしてオムライスを食べている姿と千手の店で見せた姿はうまく重ならない。

しかし、どちらもまちがいなく不動なのだと思うと、なんだか複雑な気持ちだった。

その後、オムライスを食べ終えた明日香と不動は「次に来る時にはちゃんと注文できるようになってるんだよ」と妙子に言われながら、店をあとにした。

※　※　※

（どうしよう、一緒に店を出てきたけど……）

シバさんからの連絡はまだなく、千手の店に戻るのはまだ早い気がする。

しかし、このまま不動をひとりにしてしまうと、なにをするかわからず不安だ。

それにこどもにしか見えない不動をひとりでほうっておくのもどうなのか。

不動が人ではないとわかっていても心配だ。

そんなことを考えていると、突然不動に声をかけられた。

「少し付き合え」

「私、ですか……？」

「お前の他に誰がいる。お前にはいろいろと聞きたいことがある」

「でも、私は仕事が」

「ちょうど座る場所がある。あそこでいいな」

半《なか》ば強引に不動に連れられて向かった先にあったのは、住宅地の中にある小さな公園だった。

公園には誰もおらず、ちょうど真ん中にベンチが置かれている。

「どうした。さっさと座れ」

「……おじゃまします」

言われるままに明日香は隣に腰をおろすが、こども向けのベンチだからか。

どうにかしてふたりで座ることはできたものの、足が当たってしまう。

明日香はできるだけ小さくなってベンチに座るが、不動はそんなことはおかまいなしに足を開くと膝の上にこぶしをのせた。

「なぜお前みたいななんの力も持っていない人間が、千手の下で働いている」

「それは……千手さんに助けてもらって、それでうちで働かないかと言われたからです」

「先日のような人ではないものが店を訪ねてくることはよくあるのか」

「人ではないものって、八千代さんのことですか?」

「ああ」

なぜ不動が八千代のことを知っているのかわからなかったが、明日香は正直に答えた。

「いえ、八千代さんのような方が訪ねてきたのは、あれが初めてでした」

まるで尋問《じんもん》のようなやりとりはしばらく続いた。

不動は聞きたいことをあらかた聞き終えて満足したのか。

小さく息をついた。

「そうか。千手はそれなりに、どうにかここでやっているのだな」

そうつぶやいた不動の横顔にはどこか安堵の色が浮かんでいた。

（もしかして……）

明日香に浮かんだのは、ある可能性だった。

「……あの」

「なんだ」

「もしかして、千手さんのことが心配で店を訪ねてきたんですか？」

「……だったら、なんだというんだ」

てっきり、なにを言っているのだと怒り出すと思っていたが、不動はあっさりと明日香の言葉を認めた。

「千手さんとは仲がよかったんですか？」

「そうした馴《な》れ合《あ》いなどは一切ない。ただ、どこかいけすかないやつで、否応なしに記憶に残っているだけだ」

昔のことを思い出したのか。

不動は袴の上で小さな手を握り締《し》めた。

「それなりの力を持っているくせに、その力を磨くために切磋琢磨するわけでもなく、なにもせずにただ飄々《ひょうひょう》と過ごしていた。それがひどく目障《めざわ》りで、顔を合わせるたびに説教をしてやっていた、それだけだ」

(それを仲がよいというのでは……?)

不動のこれまでの言動から考えてみると、本当に千手のことを嫌っているのであれば、わざわざ千手の店を訪ねてくることはしないように思える。

しかし不動は自分の言動が矛盾《むじゅん》してしまっていることには気づいていないようだ。

「俺とちがって、成人した姿になれるというのに」

「不動さんは千手さんくらいの年齢にはなれないんですか?」

悔しさをにじませる不動に思わず明日香はたずねた。

「誰が好き好んで、こんなこどもの姿などをとるものか。この人間を模《も》した姿はそれぞれが持っている力と釣り合ったものになっている。元狛犬のあいつのような存在もいて、一概には言えないが、年齢が高ければ高いほど持っている力が強いと言える」

不動はくやしそうに自分の手を見つめた。

「だが、どうにも納得がいかん。なぜ俺がこの姿なんだ？　俺には千手の力の根本を斬れるだけの力があるというのに」

「千手さんを斬ったんですか……？」

「ああ、斬った。俺の持っている剣でな」

不動は肩を揺らした。

その肩には竹刀袋があり、てっきり竹刀が入っているとばかり思っていたが、実は竹刀ではなく剣が入っているらしい。

不動がその気になれば、いつでも明日香や千手を斬り伏せることができる。

その事実が少し恐ろしかった。

「どうして、そんなことを……」

「あいつが神になることをやめると言ったからだ」

不動は自分がしたことをわかっているのかいないのか。

淡々《たんたん》と答えてみせた。

「神にならず天界を去るものに力はいらない。同時にそれが天界を去るための条件でもある。だから斬った。いけすかないやつを斬れる機会なんてそうはないからな。せいせいした……」

あいかわらず淡々と話す不動だったが、どこかさみしそうだった。

「不動さんは、本当は千手さんを斬ったことを後悔してはるんやないですか?」

「はっ、後悔だと?」

不動は明日香からの問いかけを馬鹿にするように鼻で笑ってみせた。

「そんなもの、俺がするわけないだろう。神にならないと決めたのはあいつで、俺は規律にのっとり、力を消すためにあいつを斬った。それがまちがいだったなどとは絶対に言わせない。まして人間のお前になにがわかる」

「私はたしかに人間で、不動さんたちのルールはわかりません。ただ正しいとかまちがってるとかは、後悔することとはあまり関係ないんじゃないかと思うんです」

たとえそれが正しかったにしても、まちがっていたにしても。

後悔を覚えることはある。

「それに本当に千手さんのことを嫌いだったら、わざわざ店に来たりしないですし、昔の千手さんとのやりとりも覚えていないはずじゃないですか」

「それはあいつが……」

不動は言葉を詰まらせた。

その姿は自分の感情に戸惑《とまど》っているようにも、自分なりの答えを必死になって探しているようにも見えた。

「……なにか聞きたいことはあるか」

しばらくして不動からのあまりに唐突すぎる問いかけに、明日香は一瞬なにを言われているのかわからなかった。

「なんだ、その驚いた顔は」

「あの、どうして急にそんなことを……？」

「お前のことは気に食わないが、恩は返すべきだ。当たり前のことだろう」

（恩……？）

そんな大それたことをした覚えはなかったが、心当たりがあった。

（もしかして、さっきの喫茶店でのこと？）

親戚だと思われていたこともあり、明日香が不動の分も支払っていたのだ。

「まさか、お前は俺を一食の恩も忘れるような恩知らずだとでも思っていたのか」

「いえ、そういうわけでは」

恩知らずとまではいかないものの、なんらかの形で返してもらえるとは思っていなかった。

「ならば、知りたいことを言え。俺が答えられる範囲ではあるが答えてやろう。あいつの、千手のことについて気になっていることがあるのではないか？」

深い夜の色をした目が、じっと明日香を見上げてくる。

「その……千手さんには昔、大事な人がいたんですか……？」

大事な人とは明日香が夢で見たあの少女のことだ。

あの少女は一体なんなのかと聞きたい気持ちはあったが、なんとなくその質問をすることは憚《はばか》られてしまい、遠回しな質問になってしまった。

「お前が言う大事な人の定義にもよるが、それは俺から話すべきではない。だが」

一度そこで言葉を切ると、不動は再び明日香に目を向けた。

その目はほんの少しだが、鋭さがやわらいでいるように感じられた。

「今はいるのかもしれないな」

「それはどういう」

「……っ、明日香さん！」

公園の入り口から明日香を呼んだのは千手だった。

ふだんはゆったりとした動きの多い千手だが、大股で明日香たちのそばにやってきたかと思うと明日香を自分の背中にかばうようにして不動を見た。

「てっきり帰ったのだとばかり思っていましたが。こんなところで、一体なにをしていたんですか」

「なにをしていたと？　ただ話をしていただけだ」

「あんなことがあったばかりだというのに、僕が信じると思っているんですか？」

背中越しに千手の険しい表情が見え、思わず明日香は千手のシャツをつかんだ。

「本当です、千手さん！　不動さんとは、ただ話をしていただけなんです！」

「話を？　不動とですか？」

信じられないと驚いた表情を浮かべる千手に明日香はうなずいた。

そんな明日香を見て、どうやら本当に話をしていただけのようだと理解した千手は明日香の肩に手を置くと大きく息をついた。

「よかったです……明日香さんに、またなにかあったらと思いました……」

その言葉からは、千手が心から明日香のことを心配してくれていたことが伝わってくる。

(それに千手さんの手、熱い……)

どちらかと言えば、体温が低いように感じていた千手の手が、今はひどく熱い。

手が熱くなるくらい必死に明日香のことを探してくれていたのだろうか。

そう思うと、今度は明日香の頬《ほお》が熱くなってくる。

「そいつと一緒にいることを望むなら、話すべきことは話しておけ」

そう言い残し、不動はその場をあとにしようとした。

「……待ってください」

「なんだ？」

不動を呼び止めたのは千手だった。

「店に来ませんか？」

それは思いがけない誘いだった。

「俺を追い出しておきながら、今になって店に来いなど、一体なにを企《たくら》んでいる？」

「あなたにネイルをさせてほしいんです」

「ネイルだと？」

不動は怪訝《けげん》そうな顔をしていたが、千手は諦《あきら》めなかった。

「はい。あなたに今の僕のことを少しでもいいので知ってほしいんです」

もしかすると、それは千手なりに不動に歩み寄ろうとしてのことなのかもしれない。

「あの、私からもお願いします」

「お前までなにを言い出す」

「今の千手さんは不動さんが思っていた千手さんではないかもしれませんけど、千手さんはネイルを通じてお客様たちを笑顔にしています。そのことを不動さんにも知ってもらいたいです」

「……お前たちがそこまで言うのならいいだろう。だが、どうなっても知らんぞ」

千手と明日香が一歩も引く気がないことを悟ったのか。

不動は渋々《しぶしぶ》といった面持ちではあるものの、店に行くことを承諾《しょうだく》してくれた。

不動を連れて店に戻ると、人の姿をしたシバさんが出迎えてくれた。

「明日香、お帰りなんだぞ！　ちょうど千手が探しに行ったと、明日香に連絡をしようと思っていたとこ、ろ……」

千手と明日香の後ろに不動がいることに気づいたシバさんは不動をにらみつけた。

「お前……さっきのことがありながら、よくものこのこと店にやってこれたものだな……？」

「べつに俺も好きで来たわけではない」

「なんだと？」

一触即発の雰囲気のふたりの間に割って入ったのは千手だった。

「落ち着いてください、シバさん。僕が不動を店に誘ったんです」

「は？　おい、千手、正気なのか……？」

「はい。今の僕のことを見てもらうためにも、ネイルをさせてくれないかとお願いしまして」

「そういうことか……しかし明日香は大丈夫なのか？」

シバさんが明日香を案じてくれるのは、先程のことがあったからだろう。

心配そうに明日香を見上げてくる。

「ありがとうございます、シバさん。私なら大丈夫ですよ。それに私も不動さんに今の千手さんを見てもらういい機会なんじゃないかと思うので」

「ふたりがそう言うのなら、仕方ない……」

シバさんの言葉とともに、どこからともなく鈴《すず》の音が響いた。

「千手と明日香のふたりに感謝するんだな。ふたりの許しがなければ、お前なんか絶対に店に入れたりなんてしないんだからな！」

その言葉からすると、シバさんは不動が店の中に入れないよう結界を張っていたのだろう。

先程聞こえた鈴の音はその結界をといた合図だったようだ。

「ありがとうございます。シバさん」

「まったく……千手も明日香もお人よしなんだぞ。今日はシバさんもそばで見てるからな」

「おや、珍《めずら》しいですね。シバさんが人の姿で仕事中もいてくれるなんて」

「千手と明日香が心配だからな。こいつがまたなにかをしないともかぎらないし」

シバさんは不信感をまったく隠そうともせず、不動をにらんだ。

（シバさんが心配するんは当たり前のことやと思うけど……）

「大丈夫だと思いますよ。少なくとも、今は」

不動に対する恐怖がなくなったわけではない。

しかし話を聞いているうちに、千手や店に害を与えたいわけではないことはわかった。

「本当にお人よしがすぎるんだぞ、明日香は！」

「シバさんや明日香さんがこう言ってくれていることですし、中に入りましょうか」

「あぁ……」

千手に案内され、店の中に入った不動は改めて珍しそうにあたりを見回していた。

「そちらに座って少し待っていてください。少し椅子《いす》が高いかもしれませんが」

「わかった」

幼い身体では少し座りづらそうにしていたが、不動はいつもお客様が座る椅子にどうにかひとりで座ることができた。

「ここで千手はいつもネイルとやらをしているのか」

「はい。不動さんが今座っている椅子にお客様が座って、向かいに千手さんが座る形でネイルをしていくんです」

「そうか」

不動を案内するならばソファのほうが座りやすかったと思うが、それでも千手があえてその椅子に案内したのは、不動をお客様として迎えたかったからではないか。

そんな想いに不動が気づいているのかどうかはわからないが、少し浮いた足をぷらぷらと揺らしていた。その様子は本当にこどもにしか見えない。

「お待たせしました。うちの店ではお客様のイメージに合わせた色やデザインをこちらで選ばせてもらっているんですが、不動にはこちらが合うのではないかと」

千手が持ってきた青と銀色のマニキュアのボトルはふだんお客様に使うものと比べると少し小さく、デザインがちがうもので、明日香も初めて見るものだった。

どうやら、わざわざべつのところにしまっていたようだ。

「それがネイルとやらか？」

不動も興味はあるらしく、初めて見るらしいマニキュアをしげしげと見ている。

「ええ。こども用のネイルではありますが」

（こども用……）

マニキュアのボトルをよく見ると、ラベルにはファンシーなイラストが描かれている。

「こども用のマニキュアなんてあるんですね」

「驚きますよね。僕も初めて見た時に驚いて、なにかの参考になればと思って何種類か買っていたんですよ」

「……千手、お前……せっかく店に来てやったというのに……俺を馬鹿にしているのか？」

「ふ、不動さん、落ち着いて」

「そうやってすぐに怒るのは、こどもの証拠なんだぞ」

「なんだと？」

「大体、千手が嫌がらせのために、わざわざネイルを買うようなやつだと思うか？千手は本当に嫌いなやつのことなら、そいつを忘れたことすら忘れるレベルで記憶から消し去るほうだとシバさんは思うんだぞ」

「言われてみれば……たしかにそういうやつではあるな、こいつは」

「お前、シバさんよりも千手と付き合いが長いのに、千手のことをわかってないんだな」

　シバさんは不動よりも優位に立てたことが嬉しかったようで、ふふんと勝ち誇ったような笑みを浮かべていた。

「このっ……！」

不動が怒りをあらわにするとともに、店内の空気が張り詰めたものになっていくのを明日香は肌で感じ取っていた。

「そこまでですよ、不動」

千手のひとことで重苦しい空気は元に戻っていった。

（よかった……）

「シバさんも、わざわざ不動を煽るようなことを言わないでください」

「シバさん、こいつ嫌いなんだぞ」

「奇遇《きぐう》だな、俺もお前は嫌いだ。それよりも」

シバさんと言い合いをやめた不動は千手に詰め寄った。

「どうしてこども用マニキュアとやらを選ばれなくてはならないんだ？　この姿はあくまでも仮そめのものだと、お前も知っているだろう？」

「もちろん知っていますよ」

「ならば、どうして」

「本来、天界を離れたものと接触することは禁止されているはずです。ですが、不動はこれまでにも何度も僕の元を訪ねていますよね」

「それは、そうだが」

「それが理由です。このマニキュアはお湯やせっけんで落とすことができるものです。帰る前に落として帰ったほうがいいのではと思い、これを選びました」

こども用マニキュアを千手が選んだのは、言ってみれば不動のためだったのだ。

「まあ、不動が嫌だというのであれば、無理にとは言いませんが」

「誰も嫌だとは言っていないだろう」

不動は椅子に座り直すと、手を差し出した。

「やるならさっさとやれ。そのためにわざわざ俺はついてきたんだ」

「わかりました。さっそく始めていきますね」

千手はいつものようにケアから始めていく。

ヤスリで一本一本の爪《つめ》を丁寧に整えていく千手を不動はじっと見ていた。

「すぐに塗《ぬ》るわけではないのか？」

「ええ。このあとは甘皮《あまかわ》などを処理して、そのあとでベースコートを塗ってからネイルという順番になりますね」

「ずいぶんと手間のかかるものなんだな」

「そうですね。ですが、こうしてケアなどをしている間にお客様といろいろなことをお話しするのは悪くないですよ。それに僕たちのような存在にとっては、わずかな時間ですし」

「なんだ、人間でも我慢できるのにお前は我慢できないのか」

「お前はまたっ……」

「動かないでください。シバさんも不動を煽る暇《ひま》があるなら、木桶《きおけ》にお湯を用意しておいてもらえますか」

「わかったんだぞ」

千手に言われて、シバさんはお湯を用意する。

(本当にシバさんって、不動さんのことが嫌いなんだ)

明日香の知っているシバさんは商店街の人たちとも仲良く、いつもニコニコと話していたため、こんなにも露骨《ろこつ》に嫌悪を向ける相手がいたのは意外だった。

ここまで嫌いになるのには、なにか理由があるのか。

タオルなどを用意しながら明日香は考えてみる。

思い当たることと言えば、不動が千手を斬ったことだろう。

(でも、それだけじゃない気もするけど……)

「明日香さん、タオルを」

「はっ、はい」

考え事をしていた明日香はあわてて木桶から手を出した不動にタオルを手渡した。

「考え事とは結構なことだな」

「すみません……」

不動の言う通りで、明日香はなにも言えない。

「まだ身体が本調子ではないのかもしれないですね。なにせ先程のことがあるので」

明日香をかばうような千手の言葉に、不動も多少の責任を感じたのか。

それ以上、明日香になにかを言うことはなかった。

一通りのケアと準備を終え、千手はマニキュアのボトルを手に取った。

「では、ネイルをほどこしていきますね」

「あぁ」

これまでのお客様に比べると小さな爪を、少し紫がかった深い青色で彩《いろど》っていく。

一本また一本と爪を塗っていく千手を、不動はなにも言わずにただじっと見ているだけだった。

ネイルを塗っているだけだというのに、まるでなにかの試合でもしているかのような緊張感がふたりを包んでいた。

すべての指に青色を塗り終わると、今度は銀色のネイルを爪の根元にだけ重ねて塗っていく。

その上からさらにトップコートを重ね終えると、千手は緊張していたのか小さく息をついた。

「完成しましたよ」

「これがネイルか……」

不動が手を動かすたびに根元に塗られた銀色のラメがきらきらと輝く。

「千手さんが不動さんに選んだ色はどんな色なんですか？」

「不動なら知っているかと思いますが、この色は群青《ぐんじょう》色と言います。主に日本画に使われる岩絵の具の群青からきているもので、昔は鉱物が原料だったことから、宝石に匹敵するほど貴重な色とされていました」

色の説明を聞いて、不動にぴったりな色だと明日香は思った。

「ちょうどいい色のネイルがあってよかったです」

「それはちがうだろう、千手」

「え？」

一体なにがちがうというのか。

シバさんはじっと不動を見ると口を開いた。

「おい、一度しか言わないからしっかりと聞いておくんだぞ。このネイルは千手がお前のために買ったものだ」

「俺のためだと？」

「こんな渋い色が、こども向けのネイルですぐに見つかると思うか？」

　言われてみると、たしかにシバさんの言う通りだ。

　一般的には青色として売られていることがほとんどで、大人向けのネイルでもこうした和名のついているものは珍しいほうだ。

「どうしてお前がそのことを知っているんだ」

「千手はネットが下手くそなくせに、シバさんにネットのやり方を一から教えてもらいながら必死に探して購入したんだからな。まったく、おかげで何日も千手にパソコンを占領《せんりょう》されたんだぞ」

「千手さん、今の話は……」

　明日香が千手を見てみると、気まずそうに視線をそらしてしまった。

「知っていたなら、どうしてそのことをすぐ俺に言わなかった」

「千手に会うなりいきなり戻ってこいと喧嘩腰《けんかごし》に言うお前に、どうしてシバさんがわざわざ言ってやる必要がある？　シバさんはそんな親切ではないぞ」

　ふたりの間でバチバチと火花が散る。

　しかし不動は先にシバさんから視線をそらし、なにも言えずにいる千手を見た。

「千手よ、今のこいつの話は本当なのか」

「……本当です」

千手は気まずそうだったが、ごまかしようがないと観念したのか。

素直に答えた。

「どうしてだ？　どうしてそこまでする？　そんなにも俺にネイルとやらをしたかったのか？」

「いろいろありましたし、ずいぶんなことも言われました……ですが、変わり者と言われていた僕に真正面から何度もぶつかってきたのは、あなただけでしたから」

「それはお前のどうしようもなさに苛立《いらだ》っただけだ」

「わかっていますよ。それでも僕にとって、あなたから説教される時間は……意外と悪くないものだったようです」

「お前、そんなふうに」

「まあ、内容はほとんど覚えてはいませんけど」

「覚えていないなら意味がないだろう！　俺はお前のそういうところが好かないんだ！　何度言っても、俺の言葉はお前の耳からすり抜けていくばかりで、そういうところはちっとも変わっていないようだな」

「そうですか？　あと僕もあなたのことは好いていないので」

「そもそもお前はあの時もそうだっただろうが」

「あの時とは？」

「一から説明してやる！　二度と忘れないようにしっかりと聞いておけ！」

ふたりのやりとりにハラハラする明日香だったが、ふしぎと先程のような緊迫感はない。

そしてふだんのおだやかな口調とはちがい、こんなふうにちょっと気さくに話す千手は少し新鮮に明日香の目には映った。

「ふぅ……やれやれなんだぞ」

シバさんは呆れたようにふたりを見ていた。

「あの、ふたりは以前からあんな感じやったんですか？」

「まあ、そうだな。シバさんが知ってるかぎりではあんな感じだったんだぞ。まったく……千手も千手で変なところで素直でないし、あいつはあいつであぁだし」

「それは、つまり……ふたりは似たもの同士ということですか？」

「そういうことじゃな。そもそも嫌いなやつのためにネイルを探しはしないし、何度も店に足を運ぶこともしないんだぞ。少し考えればわかりそうなものなんだが」

「もしかするとお互いに近い距離にいるからこそ、気づけないのかもしれませんね」

「ふたりは距離が近いことにも気づいてなさそうなんだぞ」

どうして気づかないのだと、シバさんは言い合うふたりに呆れたような視線を向けた。

「……それでどうなんですか、ネイルのほうは」

「まあ……意外と悪くないものだな。それにネイルを塗っておけば爪が欠けて剣を振る時に手元が狂うこともないだろう」

相変わらず素直ではないものの、不動なりにネイルを気に入ったようだ。

「ひとつ聞いてもいいですか」

「なんだ、今さら改まって」

「どうして僕に力が残っているのか、ずっとふしぎだったんです……もしかしなくて僕を斬った時に、わざと手を抜きましたね？」

千手の問いかけは半《なか》ば確信めいたものだったが、そんな千手を不動は明日香に対してしたのと同じように鼻で笑ってみせた。

「はっ、そんなわけないだろう。お前、俺を馬鹿にしているのか」

「そうですか。そうなると、つまりあれはあなたの実力不足だったということになりますね」

「おい、待てっ！　どうしてそうなる？」

（千手さん、もしかして本当のことをわかった上で言ってる？）

こどもが癇癪《かんしゃく》を起こすように顔を赤くして怒っている不動を見る千手は、どこか楽しそうだ。

「千手も意外とこどもっぽいところがあるんだぞ」

「そうですね。あんな千手さん、初めて見ました」

「だって、シバさんや明日香さんを馬鹿にしておきながら、自分の実力不足は認められないなんて、まさかそんなことはありませんよね」

（ちがう、これは……）

表情は笑ってはいるものの、千手は不動がシバさんと明日香を馬鹿にする発言をしたことをまだ許してはいなかったようだ。

「それにあなたが手を抜いたわけでないなら、僕を斬るだけの力がなかったということじゃないですか」

「くっ、……っ た」

「わかるように言ってもらえますか？」

「だから……っ、お前の大切な者たちを馬鹿にするようなことを言って、悪かったと言っているんだ！」

謝り方までこどものようだが、おそらく不動は謝ることはもちろんだが、人と交流することに慣れていないのだろう。

だから千手を気にかけていたことも、千手が神でなくなったあとも心配して店に来ていたこともうまく伝わっていなかったのだ。

「それにお前を斬った時は、その、爪が欠けていたんだ！　爪が欠けてさえいなければ、あんなことにはならなかった！」

不動の言い訳にしか聞こえなかったが、千手はそのことについては深く追求しなかった。

「そうですか……ネイルは爪の保護のために塗ることもあるんです」

明日香も以前に、ギタリストが爪の補強や保護にネイルを塗っていると、テレビで話しているのを聞いたことがある。

「剣を扱《あつか》う不動なら、爪が欠けてしまうこともあるでしょう」

千手は一度言葉を切ると不動に向かって笑いかけた。

その笑みは千手がふだんお客様に向けるものと同じだった。

「また来てもいいですよ。もちろん不動さえよければの話ですが」

「俺にそんなことを言う前に、そいつに言うべきことがあるだろう」

不動は千手にそんな言葉を投げかけるとともに明日香に目を向けた。

「先程も言ったことだが、どんな形であれ、ともにあろうと思うのであれば、話しておくべきことは話しておけ」

不動の言葉に千手はなにも返すことはなかったが、その言葉を深く自分の中で受け止めているようにも見えた。

「まあ、店が暇なら、また来てやってもいい。幸いなことに時間ならばあるからな」

「なにを偉そうなことを。素直になれなかったくせに」

「お前は俺と来い。どうせ門にも結果を張ってるんだろう」

「どうしてお前なんかと一緒に……いや、今回だけは特別なんだぞ」

拒んでいたシバさんだったが、千手を見やると不動と一緒に店をあとにした。


そうして店に残されたのは明日香と千手だけだった。

先程までずいぶんとにぎやかだったせいか、今はひどく静まり返っているように感じてしまう。

千手とこうしてふたりきりになることは、なにも今回が初めてではないのだが、なぜかひどく緊張してしまい、明日香は千手のほうを見ることができなかった。

お互いになにも言わないまま、どれくらいの時間がたっただろうか。

ほんの数秒のようにも、数分のようにも感じてしまう静けさをやぶったのは千手だった。

「――明日香さん」

「っ、はい……」

名前を呼ぶ千手の声はどこか固く、なにか決意を秘めているように聞こえた。

そんな千手につられるように明日香も緊張して、つい声が上ずってしまう。

「僕に時間をもらえませんか。明日香さんに話したいことがあるんです」

その話とはおそらくだが、先程不動が言っていたことに関係があるのだろう。

具体的にどんな話をされるのか、明日香には見当もつかない。

それでも明日香が迷うことはなかった。

（もっと千手さんのことを知りたいから……）

「わかりました」

何本もの手を操っていた千手の姿を見て、改めて自分とはちがう存在なのだと思い知らされたばかりだ。

そんな千手の話を果たして自分は受け止めることができるのか。

不安がないわけではない。

それでも今の千手に向き合いたいと。

明日香はそう思った。

第6話

白《しろ》練《ねり》

翌日、千手《せんじゅ》に指定された待ち合わせ場所は、店の近くにある美術館の前だった。

なぜ、そんなところを指定するのか。

ふしぎに思いながらも待ち合わせの十分前にそこに向かうと、すでに千手の姿があった。

「すみません、お待たせしました」

「いえ、僕のほうが早く来すぎてしまっただけなので」

そう話す千手は、白い半袖《はんそで》のシャツに黒いズボンとふだん仕事でしているエプロンを外しただけのシンプルな服装だが、それだけでも様になっている。

一方明日香《あすか》は、白い半袖のトップスに薄いピンク色のスカートを合わせて、足元には低めのヒールのパンプスを履《は》いている。

どんな格好《かっこう》で行けばいいのか悩んでいた際にクローゼットの中から見つけたのが、自分でもいつ買ったのか覚えていないこのスカートだ。

その色が千手に初めてしてもらったネイルと似ていると思い、そのスカートをはいていくことに決めたのだ。

（少し派手すぎやったかも……）

真面目《まじめ》な話をするのであれば、もっとちがう服のほうがよかったかと後悔していた明日香に千手は嬉しそうに目を細めた。

「よく似合ってますね、そのスカート。明日香さんの雰囲気にぴったりですよ」

「あ、ありがとうございます」

「では、さっそくですが行きましょうか」

「は、はいっ……！」

思わず緊張で身構える明日香だが、その予想は裏切られることになった。

美術館、動物園、喫茶店……。

千手が明日香を連れて向かう先は、まるでデートで行くような場所ばかりだった。

しかし明日香から話が聞きたいと切り出すことも憚《はばか》られて、気づけば千手と一緒にすっかり楽しい時間を過ごしていた。

（でも、どうして、こんなことに……？）

話がしたいと千手から言われていたはずだが、いつからデートのようなことになってしまったのだろう。

千手にすすめられて立ち寄った二軒目の喫茶店で、明日香は運ばれてきたばかりのスフレ越しに向かいの席に座る千手を見てみる。

すると千手も明日香のことを見ていたらしく、ばっちり目があってしまった。

「早く食べないと、せっかくのスフレがしぼんでしまいますよ」

そう言ってスフレを食べ始める千手につられるように、明日香も自分のスフレの真ん中にスプーンで穴を開け、ソースを流し込む。

焼きたてのスフレはふわふわで、ソースと絡《から》めたスフレをスプーンで口に運ぶと、すぐに溶けるようになくなってしまった。

「どうですか?」

「ふわふわで、すごくおいしいです!」

「明日香さんのそんな顔が見られてよかったです。ずっと緊張していたようですから」

スフレを食べ終わったあとで、千手がぽつりと漏《も》らした。

やはり千手には明日香が緊張していたことがバレていたようだ。

「すみません、せっかくいろいろなところに連れていってもらったのに……」

「明日香さんが謝ることはありませんよ。その緊張は僕のせいですから」

美術館も、動物園も、喫茶店も。

千手に連れていってもらった場所はどこも楽しかったが、明日香の頭の片隅《かたすみ》には千手の話したいことが常にあった。

「緊張がほぐれればいいという思いもありましたが、明日香さんとの時間が楽しくて。僕もつい話をするのを先延ばしにしてしまいましたから」

「先延ばし？」

「……本当は今日会った時、すぐに明日香さんに話してしまおうかと、そう思っていたんです。ですが、いざ待ち合わせ場所に来た明日香さんを見て怖くなってしまったんです。それでいろいろな場所に連れ回してしまいました」

すみませんと謝る千手はこれまで見たことのないような、どこか不安そうな表情を浮かべていた。

「私は千手さんといろいろな場所に行くことができて嬉しかったですし、楽しかったですよ。だから千手さんも謝らないでください」

美術館では千手から絵が描かれた時代についての話を聞き、こどもの頃以来行ったことがなかった動物園ではふれあいコーナーでモルモットたちと戯《たわむ》れ、喫茶店では千手とゆっくり他愛もない話をすることができた。

最初こそデートのようだと緊張していたが、千手と同じものを見たり体験したりすることが楽しかったのも本当だ。

「あの、もしも千手さんが話したくないなら、今日無理に話す必要は」

「いえ、そうではありません。僕はできることならば、明日香さんに話を聞いてほしいと思っています。ですが、話すことで明日香さんの負担になってしまうのではないか、そしてなによりも明日香さんに嫌われてしまうのではないかと……そんな不安と怖さを抱《いだ》いてしまうんです」

千手は困ったような表情を浮かべた。

「こんなふうに思ったことは生まれて初めてで、正直、僕自身もどうすればいいのかよくわからないんです。ですが、僕は明日香さんがよければ、これからもあの店でともにあってほしいと、そう思っています」

それは聞きようによっては告白のようなものだった。

「私は千手さんを嫌いになることはありません」

明日香はここ数か月の間、千手の店で働き、ずっと千手を見てきた。

「だから千手さんが話したいと、そう思ってくれるなら、私は千手さんの話を聞きたいです」

「……覚悟ができていなかったのは、僕のほうだったんですね」

千手は深く息をつくとまっすぐに明日香を見た。

その表情から不安や迷いは消え去っていた。

「これからもう一か所、行きたいところがあるんです。一緒についてきてもらえますか」

「はい……」

その後、明日香が千手に連れられてやってきたのは三十三間堂《さんじゅうさんげんどう》だった。

平日の夕方近くということもあってか。

その場にいるのは千手と明日香のふたりだけだった。

数多くの仏像がずらりと並び、荘厳《そうごん》な雰囲気に包まれていた。

ただ明日香は、なぜここに連れてこられたのかわからなかった。

「あの千手さん。どうしてここに？」

「これから明日香さんに話すことが、かつての僕にまつわる話だからです」

千手はどこか懐《なつ》かしそうに見えた。

「たくさんの神様がいますね……これだけたくさんの神がいる中で、僕は神にはなれなかった……いや、ならないことを選んだんです」

「昔、千手さんがいたところにも、たくさん神様がいたんですか？」

そこに並んでいる仏像ひとつひとつに千手は目を向けた。

「そうですね。正確には仏だとか……いろいろな種類や言い方がありますけど、僕が神様をやめてここに来るまでにいた天界と呼ばれているところでは、わかりやすく神様と。ひとくくりに、そう呼ばれていました」

そう話す千手はどこか懐かしそうでもあり、苦しそうでもあったが、千手がこうしてかつての自分のことを話してくれるのは初めてだった。

「他はどうなのかは知りませんが、僕は神様の見習いとして、気づいた時には存在していました。どのようにして自分という存在が生まれたのかは定かではありませんが、ふしぎと自分自身に課せられた使命だけはわかっていました」

「その使命が神様になることだったんですね」

「ええ。僕のような見習いは他にもたくさんいて、それぞれが生まれた時点で、どのような神になるのかを決められているようでした。僕は修行をへて、いくつもの腕を持った神・千手観音《せんじゆかんのん》となることが課せられました」

千手の視線の先には千体もの千手観音の像が並んでいた。

「でも、すでにこんなにたくさんの千手観音がいますよね」

「実際には同じような役割を担った神様が何人もいて、そうした同じ役割を担っている神様たちが集まり、その力を具現化させたものが、よくこうした像になっているんです」

ここに並んでいる像の中には千手が知っているものもいるということだろうか。

「僕たちは基本的には人間と同じような姿をしていて、神気《しんき》をおびた剣や力を具現化した道具を持っていたり、神気がなんらかの形となってまわりに浮かび上がったりします。先日僕が見せたあの腕も力の一部です」

（あれが一部……）

不動が今の千手でも十分に天界へ戻ることができると言っていたが、天界にいた頃の千手はそれだけ大きな力を持っていたことになる。

今なら聞いてもいいだろうか。

明日香は勇気を出して、千手にたずねた。

「どうして千手さんは神様にならなかったんですか？」

「僕たちは神の見習いとしての修行のひとつとして、ひとりの人間を見守ることを課せられます。僕が見守ることになったのは、ひとりの少女でした」

少女と聞いて明日香の脳裏《のうり》に浮かんでくるのは、花嫁衣装を身にまとっていたあの少女のことだった。

「……聞いてもらえますか。僕がまだ神様を目指していた頃に見守っていた、ある少女の話を」

そうして千手は静かに話し始めた。


少女は貧しい村に生まれたものの、両親と兄弟とともに貧しいながらも幸せな毎日を送っていた。しかし、ささやかな幸せに満ちた少女の日々は突然終わりを告げた。

家に帰ってきた少女が目にしたのは炎に包まれた我が家だった。

その炎は家だけではなく、少女の両親と兄弟たちを奪《うば》っていった。

「どうしてこんなことに……一体なにがあったの……？」

力なくその場に膝《ひざ》をつき、ただ燃えていく家を見ることしかできなかった少女の言葉に答えてくれる者は誰もおらず、この火事は不審火とされた。

――なにかおかしなことをしたんじゃないか。

――悪いねぇ。下手にあんたを手伝って、うちにもなにかあったら……。

――うちにも娘がいるんだよ！　あっちにいっとくれ！

村人は誰ひとり手伝ってくれず、少女はひとりで泣きながら、必死に地面に穴を掘り、家族の亡骸《なきがら》を埋葬《まいそう》するしかなかった。

その後、ひとりで少女は生きてきた。

いや、生き抜いたと言うべきか。

ひとりで畑を耕《たがや》し、森に入り、時には山を越えて町へ向かい、どうにか必死に生きてきた。

それが残されてしまった自分が家族にできる供養《くよう》だと、少女は考えていたからだ。

来る日も来る日も……。

少女は生きていくために必死だった。

同じ年頃の娘が異性に胸をときめかせる中、少女は仕事や土いじりでぼろぼろになった手を決して止めることなく働き続けた。

そんなある日、少女はある男に見初《みそ》められた。

その男のことを少女はまったく知らなかったが、男は地主の息子で周囲がうらやむような地位も金もすべて持っていた。天涯孤独《てんがいこどく》な村の娘と身分がちがいすぎることくらい、少女にも容易に理解できた。

――身分など、自分たちはそんなことは気にしない。

――あなたのような女性にどうか息子の嫁《よめ》に来てもらいたい。

息子の両親は天涯孤独な少女のことをかわいそうだとでも思ったのか。

律儀にも手土産をたずさえて、わざわざ少女の元を何度も訪れた。

町の若い娘たちの間で流行っているのだという化粧道具に、少女では決して口にする機会のないような砂糖を贅沢《ぜいたく》に使った甘味《かんみ》、見たこともないような美しい柄の入った着物……どれもこれもが少女にとっては初めて目にするものばかり。

そしてなにより息子はおだやかで、少女にとても優しかった。

――あなたのためにと選んだ手土産を、そんなにも喜んでもらえてよかった。

――あなたみたいな人がそばにいてくれれば、どれだけ幸せなことだろうと思います。

なった。

――身寄りや学がなくとも、なにも問題はありません。

――両親もあなたを娘のように思っていますよ。

――あなただからこそ、嫁に来てほしいと思うのです。

息子はそうして少女にたびたび優しい言葉をかけてくれた。

そんな息子に少女も少しずつ心を許していき、少女は息子の元に嫁に行くことになった。

「家族を亡くした彼女はずいぶんと長い間、ひとりでさみしい思いや苦しい思いをしていました。しかし優しい伴侶《はんりょ》と出会い、新しい家族を得ることができて、これでようやく幸せになれるのだと……そう思っていました。僕は心からこの少女の幸せを願いました。ですが、そうではなかったのです」

「そんな……」

「この結婚は、少女をさらなる不幸へと追い詰めただけでした……」

少女が嫁に行くため、村をあとにする日。

その日はあいにく朝から雨が降っていた。

しかし地主の息子への嫁入りということもあってか。

村をあげて盛大に嫁入りがおこなわれることになった。

自分の家族が亡くなった時と、その後の村人たちの態度を思うと少女は複雑な気持ちだった。

しかし、せっかくの祝いの場だ。

仮にも自分や家族が世話になったこともあるのだからと。

その気持ちは自分の中だけに、そっとしまっておくことにした。

日が暮れる頃、地主の息子から贈られた美しい花嫁衣装に身を包んだ少女は、村人たちに連れられて花婿《はなむこ》である地主の息子の元へと向かうために村をあとにした。

地主の息子の屋敷は山を越えた先の町にあり、そんなに遠いところまで来るのは大変だろうと、山の中腹あたりまで少女たちを迎えに来てくれる手筈になっていた。

提灯を持った村人を先頭に、その後ろを少女と村長、そして村人たちが続いていく。

本来であれば両親が一緒に列に加わるはずだが、家族のいない少女はかわりとして村長や村人が付き添《そ》いを申し出てくれた。

ゆらゆらと提灯を揺《ゆ》らしながら、花嫁の列はゆっくりと山道を進んでいく。

しかし朝から続いている雨のせいで足元が悪くなっていたこともあり、なかなか思うようには進まず、少女たちは少し早いが休憩をとることになった。

重い花嫁衣装とぬかるんだ道ということもあり、疲れた少女にはありがたかった。

村人たちが思い思いに休む中、少女の心に浮かんだのは家族が眠っている墓のことだ。

折を見て墓参りに来るつもりではあったが、いつ来ることができるかはわからない。

あの火事ですべてが燃えてしまい、遺品らしいものもなにひとつ残らなかった少女にとっては、たったひとりで家族を埋葬した墓だけが家族を感じることのできる唯一の場所だった。

（あの場所だけは、どうか荒らされることがないように……）

少女が花嫁衣装の胸元から取り出したのは、ひとりになってからこつこつと貯めてきたなけなしの金が入った巾着袋だった。

この金でどうにか自分がいなくなったあとの家族の墓を見守ってもらえないだろうかと、少女は墓の世話を頼めそうな村人を探すことにしたが、いつの間にかまわりで休憩していたはずの村人の姿がなくなっていた。

（一体どこに……？）

まさか自分だけ置いていかれてしまったのだろうか。

あわてて少女があたりを探してみると、なぜか村人たちの姿は道から外れたところにあり、まるで木々に身を隠すようになにかを話していた。

このあとの行程についての相談でもしているのか。

誰も少女がいることには気づいておらず、ひどく真剣な様子だったが、そんな中で突然声を荒げたのは村長だった。

「ええい、ただでさえ遅れておるんじゃぞ！　このままじゃとどうなるか……お前たちはわかっとるのか？」

「そうは言われても、足元が悪いんじゃ、どうにも……」

「そうですよ、村長。下手をすりゃ、足をすべらせて崖から落ちちまう」

「村長、気持ちはわかりますが、ここは慎重《しんちょう》に進むべきだと」

「そんなこと、お前たちに言われなくともわかっておるわ！」

「なら、どうしてそんなに先を急ごうとするんですか？」

村長はわなわなと震《ふる》え、振り絞《しぼ》るように声を上げた。

「あいつは、花婿はそうした話が通じる相手じゃない……お前たちもわかっとるじゃろう。結婚を断った娘の両親がどうなったのか！」

村長の言葉に村人たちは一斉に顔を伏《ふ》せた。

その表情はなにかに怯《おび》えているようだった。

(私の両親たちがって、どういうこと……?)

少女の両親たちは不審火で死んだのではないのか。

しかも、今の村長の口ぶりでは地主の息子は少女の両親たちを知っていたようだったが、そんなことはひとことも言っていなかった。

(なにが、どうなってるの……)

少女はこの嫁入りに不安を覚え始めた。

果たして自分は本当に彼と結婚してもいいのだろうか。

「無理だろうがなんだろうが、とにかく先を急がせるんじゃ! 娘を引き渡してしまいさえすれば、あとのことなどどうなろうが知ったことではない! お前たち、噂《うわさ》については、娘の耳に一切入れとらんじゃろうな?」

村長ににらまれた村人たちは一斉にうなずいた。

「よかろう。娘には絶対に耳に入れるでないぞ! 少なくとも花婿に引き渡すまでは絶対にじゃ!」

ここまで聞けば、さすがの少女にもわかった。

自分はなにか重要なことを隠されたまま、嫁に出されようとしていると。

そして、それは少女の家族の死にまつわることであるとも。

きっとこの時を逃してしまえば、二度と話を聞くことはできないだろう。

そう思い、村長たちの元に向かおうとした少女だったが、ふいに手を引かれた。

「っ、駄目だ……！」

そう言って少女を引き止めたのは、かつて両親と仲のよかった村人のひとりだった。

「離して！」

「それはできない。今、あそこに割って入ったらどうなるか」

「私の家族がどうして死んだのか、村長たちがなにか知ってるの！　今じゃないと、もう聞く機会は私にはないの！」

「っ、……なんだ……」

村人は苦しげに真実を告げた。

「お前の両親と兄弟を殺したのは……これからお前が嫁に行くことになっている地主の息子なんだ」

「……どういうこと？」

少女の脳裏に浮かぶのは家族の笑顔と彼の笑顔だった。

あんなに優しい笑みを浮かべている彼が自分の家族を殺したなど、すぐに信じることなどできなかった。

「それにどうして……私の両親は、あの人と会ったことがあるの？」

「息子はお前のことを、もっと昔から知っていたんだ……おそらく、お前が町に行った時に見かけでもしたんだろう。それに、あいつはおだやかでもなんでもねぇ……まるで鬼《おに》みてぇなやつだ……」

村人の話はこうだ。

一見おだやかな地主の息子だが、実はひどく暴力的な性格の持ち主であり、これまでに迎えた嫁は暴力に耐《た》えかねて息子の元から逃げ出していた。

逃げ出すことができるだけマシなほうで、中には身体だけでなく、精神まで壊《こわ》されてしまい、まともに話すことすらできなくなってしまった状態で家に帰された者もいると聞く。

このことが表沙汰にならなかったのは、親である地主の地位と金のおかげであった。

息子の両親が地位と金にものを言わせて、なにか問題が起こるたびに金でもみ消し、その事実を必死に隠していたのだ。

ただ息子の両親もそんな息子のことを恐ろしく思っていたようだが、嫁さえ与えておけばその間はおとなしくなると、まるで生贄《いけにえ》を捧《ささ》げるかのように息子が気に入りそうな女性を探してきては息子に嫁として宛《あて》がっていた。

しかし、いくら金があっても人の口に戸を立てることまではできない。

どこから話が漏れたのか。

息子のその所業《しょぎょう》については人々の間で噂になっていた。

「五年前、お前の両親や兄弟が死んだ日だ。息子がいきなりこの村にやってきたのは……」

地主の息子は少女のいない時に両親の元を訪ねてきた。

あまりに突然の訪問に驚きながらも、両親はもてなし、話を聞くことにした。

すると開口一番、少女を嫁にもらいたいと両親に告げた。

一体どこで見かけたのだろうか。

一目で少女のことをいたく気に入った地主の息子は、ぜひ少女を自分の嫁に迎えたいと居ても立っても居られなくなり、直接両親に結婚を申し込みに来たのだと話した。

嫁入りに必要なものはすべてこちらで揃える、そちらが望むだけの金も渡そうと彼は熱心に話すが、突然の申し出と、少女の意思などまったく考えていない、まるで金を渡すから娘をよこせと言わんばかりの物言いに両親はひどく驚くしかなかった。

さらに地主の息子についてのあの噂も、少女の両親の耳に入っていた。

たとえ噂のことがなかったとしても、自分の娘がこの男の元に嫁いで幸せになれるとはとても思えない。

両親は少女の幸せを願って、申し訳ないがそれはできないと地主の息子からの結婚の申し出を丁重に断った。

まさか地位も金も持っている地主の息子からの結婚の申し出を、貧しい村の一家族が断ることなど、彼は夢にも思っていなかったのだろう。

もしかすると、これまでも地位や金に物を言わせるような形で、自分が気に入った女性を自分の元に嫁に来させていたのかもしれない。

結婚を断られたことに逆上した地主の息子は、目の前にいる両親を衝動的に殴り殺し、さらにはそこに帰ってきた兄弟も口封じのために殺し、家に火を放った。

村人たちは両親たちが死ぬ前に地主の息子が少女の家を訪ねてきたことや噂のことも知っていたが、自分たちにまで害が及ぶことを恐れて、そのことをずっと黙《だま》っていたのだ。

「じゃあ、村をあげての、私の嫁入りは……」

「おそらく息子に金でも積まれて頼まれたんだろうな。お前を無事に嫁入りさせるかわりに、村にそれ相応の見返りを与えると」

「そんな……」

しかし思い返してみると、少女の嫁入りが決まってから村は豊かになっていた。村にはいつの間にか新しい農工具や牛馬が増え、夜になると毎日のように村長の家で宴が開かれていた。

ずっと少女に対して険悪な態度を取り続けていた村人たちも、嫁入りが決まってからは少しだけだが、態度がやわらかくなったように思っていた。

村長や村人たちは酒や豊かになった生活に幸せそうに笑っていたが、その幸せは少女や少女の家族たちの不幸によって成り立っていたのだ。

「悪かった……ずっと、あんたに黙ってて、助けてやることすらできなくて……本当に悪かった……だが、こんなことは絶対まちがってる。あんたの不幸と交換で得ることができる幸せなんて、本当の幸せなはずがねえんだ！」

村人は手を離すと少女の背中を押した。

「今ならまだ間に合う。今のうちに逃げるんだ！」

「でも、そうしたら、あなたが」

村長のあの言いようだ。

彼がすべてを打ち明けて少女を逃がしたことがわかれば、ただではすまないだろう。

「俺のことは気にしなくていい……こんな時まで俺のことを心配してくれるなん

て、本当にあんたは両親に似てるなぁ……」

村人はすべてを覚悟したような顔で、その目には涙がたまっていた。

「本当に、本当にすまなかった。っ、俺、あんたの両親にはたいそう世話になったってのに……こんなことしかできなくて……あんたの両親や兄弟にも、あんたにも、本当に……俺は、すまないことをした……」

村人は涙を拭《ぬぐ》うと、少女の背中を押した。

「どこでもいい、できるだけ遠くへ逃げるんだ。さあ、早く行け！」

「っ、ありがとうございます」

背中を押されるがまま、少女は駆《か》け出した。

ただ逃げることに無我夢中だった。

山にはこれまでに何度か入ったことはあったが、慣れない花嫁衣装や履物《はきもの》のせいで思うように走ることができない。

それでも少女は必死になって走った。

村人たちの声が響いてきたのは、少女が駆け出してしばらくしてからのことだった。

「おい、花嫁がどこにもいないぞ！」

「まさか逃げたのか！」

「見張り役は誰だ？　あれだけ目を離すなと言っただろう！」

「探すんじゃ！　なんとしても探し出して嫁入りさせるのじゃ！」

少女が逃げたことに気づいたらしい。

村長の号令にこたえる男たちの声が聞こえてきた。

村人たちに一斉に探されてしまえば、見つかるのは時間の問題だ。

（どうしよう、このままじゃすぐに見つかってしまう……）

少女は足を速めるが、あわてていたせいで足を取られて転んでしまった。

「っ……！」

すぐに立ち上がって駆け出そうとするが、転んだ拍子に足を痛めてしまったようで、これではそう遠くへ行くことはできそうにない。

しかし、このままここにいては、すぐに見つかってしまう。

（それだけは避《さ》けないと……）

少女は痛む足を引きずりながら、少しずつではあるが再び進み始めた。

「せめて、どこかに隠れられるようなところがあれば……」

やみくもに逃げ回るよりも身を隠してやり過ごし、すきをついて一気に山を駆け下りれば逃げ切れるかもしれない。

痛みをこらえて必死に足を動かしていた少女の目に飛び込んできたのは、古びたお堂だった。

　こんなところにお堂があったとは知らなかったが、この時の少女にとっては天からの助けのように思えた。

（ここなら隠れられる）

　少女はお堂に向かうと扉に手をかけた。

「どうか助けて……」

　しかし、少女の願いもむなしく扉には鍵がかかっているようで固く閉ざされたたま、中に入ることはできなかった。

「そんな、どうして……お願い、開いて……開いてよ……」

　何度も祈るように言いながら、少女は必死で扉を開けようとする。

　誰も頼れる者のいない少女にとって、目の前にある扉が開くことが唯一の助けであり、そして唯一の希望でもあった。

　しかし、そのどちらも少女に与えられることはなかった。

「あそこだ！　おい、いたぞ！　花嫁を見つけたぞ！」

「すぐに連れ戻してくるんじゃ！　娘を引き渡さなければ、わしらがどうなるかわかったもんじゃないぞ！」

「は、はいっ！」

「あの娘も娘じゃ！　余計な手間をかけさせおってからに！　誰のおかげで今まで生きてこれたと思うておるんじゃ！」

　無情にも少女に聞こえてきたのは、村長たちのそんな言葉だった。

（知ってたんだ……あの日、なにが起きたのか。誰が私の家族を殺したのかも）

　村長は誰のおかげでなどと言うが、ひとりになってしまった少女を村長や村人が疎ましそうに扱ったことは何度もあったが、一度たりとも助けてくれたことはなかった。

　しかし一番腹立たしいのは、長い間、誰かが両親や兄弟を殺したという事実に気づくことなく、これまで生きてきた自分自身だ。

「……おや、どうして花嫁があんなところにいるんですか？」

　そこにやってきたのは、少女が嫁ぐはずの地主の息子だった。

「ど、どうしてここに。待ってもらっているはずでは」

「そのつもりだったのですがね。あまりにも遅いので、花嫁を花婿自ら迎えに来たんですよ。それで……これは一体どういうことですか？　どうして花嫁があんなところに？　今頃はすでにこちらに来ているはずでは？」

「ひっ……もっ、申し訳ございません……これは、少し、そっ、その、手違いがありまして……」

地主の息子がどんな顔をしていたのか。

少女からは見えなかったが、村長や村人たちが怯えたように必死に頭を下げている様子から、恐ろしい表情を浮かべていたことは想像に難くない。

地主の息子は村長たちから目をそらすと、少女のほうを見た。

（あぁ、この人は自分の欲を満たすためだけに平気で手を上げて、命を奪うことができる生き物なんだ……）

花嫁衣装の下で、少女の身体が震えた。

「すみません。どうしても待ちきれなくて、こちらからあなたを迎えに来てしまいました。さあ、そんなところにいないで、どうかこちらへ来てください……早く一緒に行きましょう。屋敷で両親も花嫁の到着を心待ちにしていますよ」

「おっ、お前たち！　早く、あいつを捕まえてこぬか！」

「くそっ、余計なことをしやがって！」

「おとなしくしとけばいいものを」

大切な家族を殺した男の、
自分を物のようにしか見ていない村長の、
自分の安寧のことだけを考えている村人たちの、
耳をふさぎたくなるような声がいくつも聞こえてくる。

その声に追い立てられるように、少女はお堂を背にして、再び駆け出した。

どこでもいい。

男たちの声が聞こえてくることのない、遠くへ行きたかった。

「……け、て……」

この声が届くことはないと知りながらも、少女はそれを言葉にせずにはいられなかった。

「……誰か……助けて……」

どこに向かっているのか、どこに向かえばいいのか。

（お願い、誰か……）

それさえもわからず、振り絞るような声で助けを求めながら、ただ必死に足を動かしていた。ふいに足が浮いたのは、その時だった。

「えっ……」

地面を蹴るはずの足が宙を蹴り、同時に少女の身体がぐらりと傾いたかと思うと、そのまま宙《ちゆう》へと投げ出された。

真っ白な衣が暗く生《お》い茂《しげ》った木々の上に舞った。

「っ……」

悲鳴すら出すことのできない少女の目からこぼれた涙は、空へと散っていく。

（これで、私もやっと、家族のところにいける……）

涙でぼやける少女の目に映ったのは、こちらに向かって必死に手を伸ばす青年の姿だった。

（……だれ？）

光を背負った美しい青年は必死の形相でなにかを叫《さけ》びながら、少女に向かって手を伸ばしている。

（そんな必死になって、なにを言ってるの……？）

よく耳をすましてみれば、かすかに聞こえてきたのは少女の名前だった。

そんなふうに名前を呼ばれるのは、家族と最後に過ごした日以来のことだ。

少女は青年に向かって手を伸ばした。

畑に明け暮れ、ぼろぼろになった手と爪《つめ》。

その向こう側に見える青年の、なんと美しいことだろう。

（この人はきっと神様にちがいない）

こんなにも美しい人を今まで見たことがなかった。

（ああ、こんな私にも……）

「――……」

少女は微笑《ほほえ》み、何事かを口にしながら、そのまま落ちていった。

その手が届くことは、永遠になかった。

「……少女が亡くなったのは山の神が花嫁を攫《さら》ったためということにされて真実は葬《ほうむ》られ、この山は『嫁隠《よめかく》しの山』と言われるようになり、花嫁や結婚を控《ひか》えた者が近づいてはいけない場所として後世に伝えられることになりました」

「……」

なにひとつとして救いがない、あまりにもひどい話に明日香は言葉を失った。

そして同時に明日香が見た夢は夢ではなく、千手が実際に経験したことだとわかった。

「なにも珍《めずら》しい話ではありませんよ。言い伝えや伝説の中には不都合な真実を隠すために作られたものなんて数多くあります。それに僕が彼女を救うことができなかったのは、事実ですから……」

珍しくないと言いながらも、そう話す千手はひどく苦しそうだった。

「ですが、今も、その時のことが忘れられないんです。彼女が必死に伸ばしてきた手のこと。最期にこんな僕に向かって、微笑んでくれたことを……僕は助けることもできなかったのに……」

「だから、千手さんは神様をやめたんですか」

「ええ、見守るというのは言葉の通り、ただ見ているだけです。どうなるかわかっていたとしても僕は助けることも手を差し伸べることも許されず、少女が不幸になっていくところを見ていることしかできませんでした」

それは千手のせいではないと明日香は言いたかったが、他の誰でもない千手自身が自分のせいだと思っている以上、なにも言えなかった。

「そうやって見ていることしかできない、誰も助けることのできない自分が嫌でたまりませんでした……誰も救わず、決して手を伸ばさず、ただ見守ることこそが平等であり、自分たちの役目だと言われても、僕にはとても納得できるものではなくて……だから僕は神をやめました」

絞り出すような千手の言葉のひとつひとつからは、後悔がにじんでいた。

「それでも自分がしていることはただの自己満足で、ただ過去から逃げただけじゃないのかと……そんなことをふと考えてしまいます」

「そんなことは」

「だから今でも僕は自分から手を伸ばすことが怖いですし、僕に向かって手を伸ばされるのが怖いんですよ……」

千手は困ったような顔で明日香を見た。

八千代と和彦を見送ったあの時、やはり千手は意図して明日香を避けていたのだ。

「……それは、その時のことを思い出すからですか？」

「もちろん、それもあります。ですが僕に手を伸ばしてくれても、あの時の少女のように僕は相手のことを失望させてしまうのではないかと。そう思ってしまうのです」

そこまで話し終えると、千手はずらりと並ぶ像に目を向けた。

他に人がいないこともあってか、まるで千手と明日香の一挙一動をじっと観察しているかのようにも思えてしまった。

「情けないですね。他のものたちは立派な神になっているというのに、僕だけ逃げるように」

「そんなことないです！」

明日香の声があたりに響く。

「どうして、それが逃げることになるんですか？　千手さんは逃げてなんていません！　むしろいろいろなことに向き合おうとしてるじゃないですか！」

「ですが、僕には少しの力しかなくて、できることもないですし」

「力があっても手を伸ばそうとも、助けようともしないのなら、それはなんの力もないことと同じです」

明日香が前につとめていた会社がそうだった。田中《たなか》先輩や山本《やまもと》部長よりも力を持っている人はいたが、誰もふたりのことをとがめようともせず、明日香のことも助けようとはしなかった。

「それに、できることならあるじゃないですか。私も、お店に来たお客様たちも……千手さんのネイルのおかげで前を向くことができて、笑顔になることができました。それはまちがいなく千手さん自身の力なんです」

「僕の力……」

千手のこぼした言葉に、明日香は力強くうなずいた。

「だから、今度は私に、千手さんにネイルをさせてもらえませんか」

「……明日香さんが僕にネイルをしてくれるんですか？」

「はい。まだ練習中なので、千手さんみたいにうまくはできないかもしれませんけど」

「かまいませんよ」

「ありがとうございます」

「千手！　明日香！」

店に帰ってくると人の姿になったシバさんが飛びついてきた。

「よかった、ほんとうによかった……もう帰ってこないかもしれないと思ってたんだぞ！」

「ごめんなさい、シバさん」

「まったくじゃ！　もうシバさんをこんな思いで待たせるでないぞ、千手」

「はい……」

「まあ、明日香が一緒なら大丈夫だろうとは思うたが。明日香はなにをしてるんだ？」

「千手さんにネイルをさせてほしいってお願いしたので、その準備を」

必要なものや道具は千手のものを使わせてもらえることになった。

ふだん千手がしているのを思い出しながら、テーブルの上に必要な道具を広げていく。

「準備できました。席に座ってもらっても」

「あぁ、待ってください、その前に」

千手は奥からなにかを持ってくると、明日香の首にかけてくれた。

「明日香さんのせっかくの綺麗《きれい》な服が汚れたら駄目《だめ》ですから。僕のもので悪いですが」

それはふだん千手がネイルをする時に使っている茶色のエプロンだった。

千手はそのまま腕を明日香の後ろに回すと腰元でエプロンの紐《ひも》を結んでくれた。

まるで抱き締《だし》められているかのような姿勢に、明日香は前を見ることができずに顔を伏せるしかなかったが、それでもすぐそばに千手を感じられて、気が気ではなかった。

「はい、これで大丈夫ですよ」

「ありがとうございます……」

腰紐を後ろで結び終わると、明日香は千手がいつも座っている席に腰をおろした。

「お願いします」

「僕のほうこそ、よろしくお願いします」

(こんなに緊張するのは初めてかもしれない……)

就職の面接でも、こんなには緊張しなかった。

それはきっと目の前にいるのが千手だからだろう。

「まずはケアから始めていきますね」

千手とシバさんに見守られ、緊張しながらも明日香はいつも千手がしていることを思い出しながらケアを進めていく。

ヤスリの音だけが店の中に響いている中で、千手が口を開いた。

「こうして誰かに手を預けるというのは、なんだか気恥ずかしくもあり、ほんの少し不安でもあるんですね」

「そうですね。私も初めて千手さんにネイルをしてもらった時は緊張して不安で、恥ずかしさもありましたから」

ケアを終え、次はマニキュアを選ぶ番だ。

「なにか希望の色やデザインはありますか」

「いえ、明日香さんに選んでもらえれば嬉しいです。どの色でも好きに使ってかまいませんので」

「わかりました」

明日香はマニキュアがしまわれている階段箪笥《だんす》を開いた。

(千手さんのイメージの色……)

しばらく悩んでいた明日香だったが、やがて一本のマニキュアのボトルを選んで席に戻った。

「この色はどうですか?」

「その色でお願いします」

「では、トップコートを塗《ぬ》っていきますね」

トップコートを塗り終えて、ちゃんと乾いているのを確認し、いよいよマニキュアを塗る工程に入っていくのだと思うと緊張する。

　明日香は刷毛《はけ》をゆっくりと慎重に千手の爪にすべらせていく。

「本当に明日香さんがうちの店に来てくれてよかったと思っています」

「どうしたんですか、急に」

「いえ、今の明日香さんを見ていたら、改めてそう思って」

「シバさんのお手柄《てがら》なんだぞ。明日香を連れてきたのはシバさんなんだからな！」

「明日香さんに店まで連れてきてもらった、のまちがいじゃないですか？」

「ふふ、私が初めて店に来たのは、そうでしたよね」

　あの時は会社を辞めて、この店で働くことになるなんて思ってもみなかった。

　千手とシバさんの正体を知った時は驚きはしたものの、今ではふたりのこうしたやりとりもすっかり明日香の日常の一部になっている。

　そして今はこうして千手にネイルをほどこすまでになった。

「あの時、千手さんからネイルをしないかって言われた時はすごくびっくりしました。本当にいきなりだったので」

「そうでしたね。あの時はすみません。なんと言えばいいのかわからなかったもので」

「でも、そうして手を伸ばしてもらって、話を聞いてもらえたことが、いつの間にかいい加減に扱っていた自分を大事にしてもらえたことが……私はすごく嬉しかったんです」

　気づかないうちにまわりの人にいいように使われて、どんどん自分が削《けず》れていってしまっていたことに気づかせてくれたのは他の誰でもない千手だった。

　だからこそ明日香は千手に伝えたいことがあった。

「だから千手さんがしていることは、自己満足ではありません」

「そう言ってもらえるのはありがたいですが、実際はどうだったのか聞いてみないとわからないことです。でも、かなうことは、もう……」

　千手は明日香の言葉を受け入れることができないと示すかのように目を伏せた。

「仮に千手さんの自己満足だったとしても、私はその自己満足のおかげで、ここにいるんです。だから無駄《むだ》なことでも、意味のないことでもありません」

「明日香さん……」

「それと……気を失っている時に夢を見たんです」

「夢ですか?」

「はい。千手さんが話してくれた少女と、かつて神様だった頃の千手さんが出てきた夢です」

　それだけで千手は明日香がなにを見たのかが伝わったようで、悲しみに顔を歪《ゆが》めた。

「そうですか……おそらく、僕の神気に当てられた影響だと思います」

「ごめんなさい。勝手に過去をのぞき見るようなことをしてしまって。でも、最期に彼女は言ってたんです。私にも、必死に手を伸ばしてくれる神様がいたんだって」

「そんな、まさか……」

「本当です。夢の中でですけど、はっきりとそう言ってるのを聞きました」

果たして明日香がこれを言ってもいいものなのか。

しかし明日香が夢であの光景を、そしてあの子の最期を見届けて感じたことを伝えたいと、もしかするとそれが明日香があの夢を見た意味なのではと思った。

「千手さんが話していたあの子は、最期に千手さんに救われて、だからあんなふうに笑っていたんだと思います」

「っ……」

とっさに立ち上がろうとした千手だったが、明日香にネイルをしてもらっている最中だったことを思い出してか。

一度は浮かせた腰を再びおろすと、自分を落ち着かせるかのように大きく息を吐いた。

「……もしかしなくても、明日香さんがネイルをさせてほしいと僕にお願いしてきたのは、こうして僕と話をするためですか？」

「……ごめんなさい。それもまったくないとは言えません」

明日香は正直に答えた。

「でも、それ以上に千手さんがいつもしていることが、どれだけ意味を持つものなのかを、千手さんにも体験してみて、わかってもらいたいと思ったからです」

正直、明日香が踏《ふ》み込んでいいことなのかわからない。

千手と明日香ではこれまで生きてきた時間がまったくちがうどころか、もはや別物だ。

しかしだからこそ、明日香に伝えられることもあるのではないかと。

そう思うのだ。

「最期に笑っていたって、そう言いましたよね。彼女が笑ったのは、自分に必死に手を伸ばしてくれている千手さんを見たからだと思うんです」

「それはただの想像にすぎませんよ。どうしようもない状況に陥《おちい》ってしまった時に笑ってしまう人間だっていると聞きます」

「じゃあ、千手さんは嫁隠しの山の伝説が、もうひとつあることを知っていますか？」

「もうひとつの伝説？　待ってください、そんな伝説、僕は聞いたことがありませんが」

「私も千手さんの話を聞くまで忘れていたんですけど、小さい頃に祖母に聞いたことがあるんです」

それはもう何年も前のことだが、明日香の祖母は優しく、幼い明日香にその伝説について教えてくれた。

「とある地域に口伝えで残っている伝説で、なんでも自分の意思に反して嫁に出されることになった娘がその山に逃げ込むと、神様に助けてもらえるらしくて。そのため、その山にいる神様は娘たちの守り神、嫁神様《よめがみさま》と言われているそうです」

「口伝えでしか残っていないなら、千手が知らないのも無理はないんだぞ。そんな話が広まって、花嫁に山に逃げられでもしたら困るだろうからな……とくに金や物と引き換えに嫁に出すことを約束しているやつらなんかは」

明日香の話を聞いたシバさんはひどく苦々しげな表情を浮かべていた。

「祖母はこどもの頃に、無理やり嫁に出されようとしているところを、その山にいる神様に助けてもらったという人から直接話を聞いたことがあったみたいで、その人はこんなことも話していたそうです。神様はとても愛らしい少女で、真っ白な花嫁衣装を着ていたと」

「大丈夫だからと、そう言って私に向かって手を伸ばしてくれて。その手をとって気づいた時には山を越えた向こう側にある、誰も自分のことを知らない村にいた。おかげで自分はその村で平和に暮らすことができて、家族にまで恵まれて幸せになれた。あの神様には感謝してもしきれないと」

　その神様が本当に少女なのかどうかはわからない。

　しかし、きっとその少女にちがいないとそう思った。

「どうして……死んでまで、あの子は山にとらわれているんですか……」

「それはちがうと思います。きっと彼女は自分で選んだんです」

「選んだ？　どういうことですか……」

「べつの女性がその神様に助けてもらった際に、どうして助けてくれるのかたずねてみると、神様は笑ってこう答えたそうです」

　──私を助けようとしてくれた神様のおかげで最期に私は笑うことができて、救われたから。

　──だから私もそんなふうに助けを求める人に手を伸ばして助けたい。

「そんな……」

「だから千手さんが手を伸ばしたことは、まちがいなんかじゃなかったんですよ」

ネイルを乾かしているせいで、顔を隠すことも涙を拭うこともできず、千手はただまっすぐに明日香を見て、その目から涙を流していた。

ほろほろと流れていく涙は、蓮《はす》の花びらに降りる朝露を思わせた。

「そうか……そうだったんですね……」

「はい……」

「彼女は、最期に笑えたんですね……」

「はい……」

気づけば明日香からも涙がこぼれ落ちていた。

悲しいのか、嬉しいのか。よくわからない。

ただ、今だけは泣くことを許してほしいと、そう思った。

「千手さん」

「はい」

「あの日、私の手を取ってくれて、ありがとうございました」

明日香は涙を流しながらも、どうにか言葉を紡《つむ》いだ。

「だから今度は……私が千手さんに手を伸ばしても、手を取ってもいいですか」

「そんなふうに言われたのは初めてですね。手を合わせたいとは、こっちに来てからよくお年寄りの人たちに言われますけど」

そこでようやく千手は笑顔を見せてくれた。

だからだろうか。

その笑顔があまりにやわらかなので、気づけば明日香はその言葉を口にしていた。

「私は、今の……ただの千手さんが好きです」

「力もなにもない僕にそんなふうに言ってくれるのは明日香さんくらいですよ」

目が合い、そうしてどちらからともなく手を伸ばし、指先がふれそうになった時だった。

「――ネイル、まだ乾いてないいんじゃないのか？」

シバさんの言葉に、我に返った明日香と千手は思わず顔を見合わせて笑った。

「すみません……」

「い、いえ、私のほうこそすみません。ちゃんと確認できてなくて」

少しばかり気まずい沈黙がふたりの間に漂《ただよ》う。

この空気を作り出すきっかけになったシバさんは、犬の姿に変わると我関《われかん》せずとでもいうように店のすみっこにあるベッドの上に丸くなって、さっさと眠る体制に入ってしまった。

（こういう時には、シバさんがちょっとうらやましいかも……）

すよ」

「ネイルが乾くまでの時間をこんなにももどかしいと感じたのは、これが初めてで

「私は家で練習してる時、まだネイルが乾いてないうちについさわって、最初から

やり直しになったりして。そういう時にもどかしく感じたりしますね」

気まずさを振り払うように明日香は笑いながら答えた。

「……かつての僕にとって、時間というのは無限に近いものでした」

「無限、ですか？」

「ええ。そして無限の時間というのは、その場にただ留まっているのと同じよう

で、なにひとつ変わることがなくて、僕にとってはあまりにもさみしいものでした

から……」

千手は明日香がネイルをほどこした爪に目を向けた。

「だから、つい忘れていました。本来であれば時間は流れていき、そして変化をも

たらしていくものだということを……あの時の少女が誰かを助けられる存在になる

くらいの時間が、いつの間にか流れていたんですね」

時間が解決してくれると言う人もいるが、時間が過ぎていくにつれて忘れられる

こともあれば、その逆でどれだけ時間がたっても忘れられないこともある。それ

に、時間の流れにあらがうように必死に忘れたくないと願うことだってあるのだ。

千手にとって、その少女の存在はどれに当たるのだろうか。

(それはきっと千手さん本人にしかわからない。けれど……)

「彼女にとって千手さんに手を伸ばしてもらったことが、すごく大切で特別なものになったんですね」

だからこそ彼女は山に留まり、自分と似た境遇の女性たちを助ける存在になることを選んだのだろう。

「……彼女にとって、僕が手を伸ばしたことは幸いだったと、少しでも救いになったと、明日香さんは思いますか？」

「私は彼女ではないのでわからないです……でも、少なくとも私は千手さんにあの時、手を伸ばしてもらって助けてもらいました。それはまぎれもない事実で、きっと彼女も私と同じように救われたんじゃないかと思います」

「そうですか……」

千手はゆっくりと目を閉じ、次に目を開けた時にはいつものようなおだやかな笑みを浮かべていた。

「ネイル、乾いたみたいですね」

ネイルはもうすっかり乾き、つややかな光沢《こうたく》を見せていた。

「これは……白練《しろねり》ですか？」

「はい……」

「どうしてこの色を明日香さんが僕に選んでくれたのか、聞いてもいいですか？」

「正直、何色がいいのか、すごく迷いました」

千手は何色でも似合いそうで、逆にそのせいで迷うことになった。

「それでマニキュアのボトルを見ていた時にこの色が目にとまって。光沢のある白色がなんだか千手さんみたいで、素敵だなと思って」

さらにこの色は古い時代には神聖さを象徴する色とされていたこともあり、そうした意味合いの面でも千手に似合うと思ったのだ。

「それと……」

この色を選んだのには、他にも理由があった。

「白は新しい門出の色でもあるので……千手さんが私にそう願ってくれたように、私も千手さんが新しい一歩をいつか踏み出せる時が来ればいいなと、そんな願いも込めて……」

今すぐにというのは無理な話だとはわかっている。

千手がこれまでに経験したことは、そんな簡単なものではないということも。

だからこそ、いつかなのだ。

（千手さんはどう思っただろう……）

千手は自分の手をかざして、まるで珍しいものを見るかのように、じっと見ていた。

「すごいですね……自分の手なんて、これまでに何度も見てきたはずなのに、なんだかひどく特別なもののように思えます」

「未熟なところは多いですけど、そんなふうに言ってもらえて嬉しいです」

「いえ、明日香さんがネイルをしてくれるのをずっと見ていましたが、とても丁寧《ていねい》な手つきでしたよ」

「ありがとうございます」

「それに明日香さんの気持ちも、手を通して伝わってきました。自分と向き合って、一時のこととはいえ、大切に想ってもらえるのがこんなにも嬉しいことだったとは」

「千手さんがこれまでネイルをしてきたお客様たちも、きっとそんなふうに思ってくれていると思いますよ」

だから、この店に来たお客様たちは皆、店を出る時は笑顔で去っていったのだ。

「そうですか……皆さんはこんな気持ちだったのですね」

まるで宝物でも握《にぎ》り締めるかのように、そっと胸元で自分の手を握り締めた。

「僕なりの願いや想いを込めてこの店を始めましたが、改めて店を開いてよかったと。そして、ここにきてよかったと……そう思います」

（よかった……）

「さっきネイルが乾いていないのがもどかしいと言いましたけど、もしかすると乾いていなくてよかったかもしれませんね」

「どうしてですか？」

「自由に手を使えたら、きっと明日香さんのことを抱き締めていたと思いますから」

真顔で言う千手に明日香は顔を赤くした。

「明日香さん」

「は、はい……」

「僕からあなたに、手を伸ばしてもいいですか」

それはおそらく千手なりの新しい一歩なのだろう。

千手は少し緊張した面持ちで明日香の答えを待っていた。

明日香の千手への答えは、ひとつしかない。

「はい……」

明日香の返事を聞いた千手は、そっと明日香に向かって手を伸ばす。

緊張しながらも明日香は自分の手のひらをゆっくりと重ねた。

千手の手は明日香の手よりもひと回り大きくて、爪も明日香のものよりも大きかった。

その爪を明日香が彩《いろど》ったのだ。

そう思うと、なんだかドキドキしてしまうが、そこで気づいた。

「千手さんも、緊張してるんですか？」

「ええ。そのようですね。なにせ、こうして自分から手を伸ばして、手をつなぐのは明日香さんが初めてなので」

千手は困ったように笑ってみせると、優しく指を明日香の指に絡ませた。

手を通して明日香と千手の、少し早くなっている鼓動《こどう》が重なり合う。

（千手さんでも緊張するし、こんなにドキドキするんだ……）

しかし、その緊張は決して不快なものなどではなく、少しずつではあるが互いの鼓動が落ち着いていくのがわかった。

「こうして誰かと手を重ね合わせると、こんなにもあたたかくて、幸せな気持ちになるのですね。長い年月を過ごしていながら、今まで知りませんでした」

「私も、初めて知りました」

「でも……」

「でも？」

「そんなふうに僕が思うのは他の誰でもない、明日香さんとこうしているからだと思います」

「……私も、きっと千手さんだからだと思います」

こんなふうにふれたいと思うのは、きっと千手だけだ。

「もう少しだけ、このままでもいいですか」

「はい……」

互いの体温を分け合い、ここにいるのだということをたしかめ合うように。

千手と明日香はしばらくの間、手を重ね合わせていた。

どこからともなく吹き込んだ風が、すっかり馴染《なじ》みとなったお香《こう》にも似た香りを運んできて、店内にはシバさんのおだやかな寝息がかすかに響いている。

そんないくつもが重なり合った、このぬくもりのことを。

――きっと、人は「幸せ」と呼ぶのだろう。

〈了〉

本書は、書き下ろし作品です。

この物語はフィクションであり、実在した人物・団体などとは一切関係ございません。

著者紹介
結来月ひろは（ゆくづき　ひろは）
京都府生まれ。2010年「少女向けラノベレーベル大賞の最終候補選出」（投稿時は別名義）などをへて、2014年にデビューし、現在はライトノベル・ノベライズ・児童向け作品・ナレーション・漫画原作を執筆。主な著書に『いけよし！　花咲中学華道部』（ＰＨＰカラフルノベル）などがある。

ＰＨＰ文芸文庫　京都東山ネイルサロン彩日堂
ネイリストは神様のなりそこない

2024年３月19日　第１版第１刷

著　者　結来月ひろは
発行者　永田貴之
発行所　株式会社ＰＨＰ研究所
東京本部　〒135-8137　江東区豊洲5-6-52
文化事業部　☎03-3520-9620（編集）
普及部　☎03-3520-9630（販売）
京都本部　〒601-8411　京都市南区西九条北ノ内町11
PHP INTERFACE　https://www.php.co.jp/
組　版　株式会社PHPエディターズ・グループ
印刷所　大日本印刷株式会社
製本所　株式会社大進堂

ISBN978-4-569-90383-5